그냥
그런 하루가

있을 수도
있는 거지

그냥
그런 하루가

있을 수도
있는 거지

이정영 에세이

그리움이
소생하는 계절

사람의 성격은 자신이 태어났을 시기의 계절과 닮는다는 말이 있다. 당신은 어느 계절을 닮았을까. 추위에 잔뜩 움츠러들던 겨울이 지나고, 포근한 기류 속에서 소생이라는 단어와 함께 세상에 기를 펴는 데 한창인 4월. 따스한 봄의 성정을 물려받은 나는, 그 덕분인지 유독 생명이 깃든 것들에 집착하고 있는 게 아닌가 하고 생각해 본다.

생명은 우리가 살아온 삶이 기억하는 아름다운 이야기다. 나는 그것을 다른 언어로 그리움이라고 말하고 싶다. 그리움은 마치 기억 속에 잔존하는 대상을 여전히 살아 숨 쉴 수 있게 해 주고, 내 마음속 한 공간에 새로운 생명을 불어넣어 주는 것과도 같게끔 느껴진다. 날씨에 의해서, 장소에 의해서, 사물에 의해서, 사람에 의해서 무수히 많은 환경에 부딪히면서 다시금 되살아나는데, 그중에서도 사람에게서 나는 향을 소생시키는 걸 좋아한다.

누군가 그러길, 내 손등에선 흙 내음이 베인 토마토의 겉껍질 같은 향이 난다고 했다. 그게 무슨 향이지? 맡아 본 적이 없으니 와닿지도 쉽게 이해하지도 못했다. 단순히 피부가 햇볕에 탄 냄새가 아닌가 싶어서 이내 부끄러워지기도 했지만, 그분께서 말씀하시길 나에게는 옛정이 떠오르는 따스함이 느껴진다고 하였다. 정답게 지내던 한때의 보고 싶은 사람들이 생각난다고. 이상한 게 아니라 그리운 향을 지니고 있다고.

토마토라니. 어쩌면 그 사람의 마음속엔 토마토와 관련된 아련한 추억이 자리를 잡고 있던 게 아닐까. 아무렴 그때부터 나는 제가 지닌 향을 조금은 좋아하게 되었다. 고작 작은 의미를 지녔을 뿐이지만 누군가에겐 소중한 향수를 불러일으킬 수 있다는 걸 알게 되어서 기쁘다.

당신에게 있어서도 내 존재가 그리운 향과 같았으면 좋겠다. 봄날에 피어나는 모든 꽃이 한날 동시에 개화하는 것은 아니지만, 사람은 계절에 상관없이 소중한 누군가가 건네주는 다정한 말 한마디에 예쁘게 개화한다는 것을 믿는다. 그러니 사람 대하기를 꽃 대하듯 하면 좋겠다. 내 삶이 행복했으면 하는 것만큼, 타인의 삶도 소중히 여기기를 바란다. 내 주관과는 다르더라도 이해하지 못하더라도, 상대를 존중하고 배려해 준다면 우리는 서로를 더욱 사랑하며 따뜻했던 지난날의 향수를 불러일으킬 수 있을 거다.

큰 걸 해 줄 수 있는 사람은 아니지만, 소박하게나마 당신의 마음에도 나와 관련된 다정한 기억 하나쯤은 심어 두고 싶다. 훗날 그 기억이 다시 한번 소생하여 마음 한구석에 싹을 틔웠을 때, 그대의 입가에도 미소 꽃 피울 수 있기를 바라며.

이정영

첫 번째 계절

마른 잎에 마음을 담은 하루

망원동

2021년 10월 17일. 달력에 '이사하는 날'이라고 적혀 있다. 생각해 보니 망원동으로 이사를 온 지도 일 년이 훌쩍 지났다. 낡고 오래된 건물, 그 옥상 한가운데 놓인 작은 옥탑방. '아, 책이 출간된 시점에는 이미 이곳에서 생활한 지 2년 조금 더 채워졌겠구나. 그동안 많은 걸 잊은 채로 지내 왔네.' 시간이 참 무색하게도 흘러갔다며 중얼거렸다.

현관문을 넘어 옥상에 나와 보니 주위를 맴돌던 여름 공기는 어느덧 새로운 계절에 어울릴 만한 옷으로 갈아입기 시작했다. 코끝을 스치는 가을 초입의 냄새가 처음 입주를 맞이하던 지난 가을날의 기억을 떠올리게 해 주었다. 그 무렵엔 어쩌다 집

주인분과 함께 옥상에서 담소를 나누기도 했고, 아래층에 살고 계시는 이모님께선 때때로 먹을 것들을 챙겨 주시기도 했다. 덕분에 쌀쌀한 날 저녁에는 감자탕이나 죽 같은 따뜻한 음식을 먹을 수 있었고, 어느 날엔 김장 김치를 담갔으니 김치통 하나 들고 내려오라고 하시기도, 간식으로 챙겨 먹으라며 건네주시던 귤 몇 봉지를 받기도 했다. 덕분에 한껏 얼어붙는 계절에는 감사하다는 말씀과 함께 입꼬리를 올려볼 수 있었다.

이모님 입장에선 부담되실 수 있다는 걸 알면서도, 그 마음에 보답해 드릴 겸 고등어 몇 마리와 함께 귀가하기도 했다. 고등어가 담긴 비닐봉지를 건네드리니 역시나 다음부턴 이런 거 사 들고 오지 말라며 등짝을 몇 대 때리셨고, 그 모습에 나는 실없는 웃음을 터뜨리곤 했다.

뭐든 지나간 시절들이 좋았다. 현재를 깊이 있게 보내며 어제의 순간들을 흐뭇하게 회상하고 싶다. 여느 날과 같이 오늘도 낡아 가는 정취가 가득한 이곳에서 소박한 온정을 베푸는 일을 선물처럼 여길 수 있으면 좋겠다. 앞으론 더더욱 특별해지겠지. 이런 일상을 이제는 예스러움이라고 표현해야 할까. 동네에 정을 붙인다는 걸 잘 안 해 봐서 몰랐는데, 이제 조금은 알 것 같다. 나에게 내밀던 이웃의 정은 살라는 의미였다. 그래, 살아야지. 나도 누군가에게 그런 정을 베푸는 사람이 되어야지. 대가 없는 너그러운 마음을 지녀 봐야지. 그렇게 또 다른 이웃을 살려내야지.

풍족하진 못하더라도 풍부하게 채워진 삶을 살고 싶다. 그러한 뜻을 함께하는 이들이 주위에 많아지면 좋겠다. 나는 온전히 나인 채로 삶을 살아가고 싶다. 그 다짐의 근원지가 지금 살고 있는 이 동네라서 다행이다. 훗날 이곳을 떠나게 된다면 나는 또 한 번 그간의 시간을 잔뜩 그리워하겠지. 귀중한 세월의 한 페이지를 좋은 마음으로 적어 내려갈 수 있었으니, 두고두고 자랑하며 언젠가 다시금 웃으며 꺼내 보게 되지 않을까.

염원,
낭만과 낙망 그 사이

　　　　　　　　　주변 사람들은 내게 꿈을 일찍 갖게 되어
서 참 부럽다고 말한다. 확고한 목표를 잡고 이른 나이부터 시
작할 수 있다는 건 감사한 일이자 기회라고 생각했다. 그러나
나는 그 한 가지 이외에 다른 것엔 보람을 느끼지 못하고 시작
조차 안 하려 한다는 걸 깨달았을 때, 그것은 마냥 행운이라기
보단 저주에 가까운 것으로 느껴졌다.

　그게 때론 내 가슴을 아프게 했다. 어떻게 하면 내가 좀 더
건강하고 윤택한 나날을 보낼 수 있을까. 설령 다른 길로 걸어
간다면, 이전만큼 열정적인 시간을 또 한 번 보낼 수 있는 용기
가 생길까. 고민이 깊어진다고 해서 달라지는 것은 아무것도 없

고, 마음 한곳에 머물러 있던 낭만은 결국 낙망으로 변질되고 말았다. 자신감은 나날이 떨어지고, 내가 내린 결정들을 자주 후회하고 번복하기도 했다. 그럼에도 나는 덤덤히 살아야지. 지금의 시간이 훗날 빛나는 청춘으로 기록되길 바란다면, 지금의 내가 해야 하는 것들을 포기하지 않고 계속 이어 나가야지.

염원. 간절하게 꿈꾸고 있는 훗날의 삶을 머릿속에 그려 내며 항상 새로운 아침을 기대하고 있지만, 혹여 절실하던 것과는 전혀 다른 내일을 살아가게 되더라도, 사랑하는 사람들을 떠올리며 결코 미소를 잃지는 말아야겠다고 다짐한다. 삶을 극적으로 살아가는 건 좋지만, 그렇다고 비극적으로 살 필요는 없다고 말해 준 당신 덕분에, 나는 한 번 더 용기를 내고 한 발짝 앞을 향해 내디며 보기로 한다.

내가 한 선택에 후회가 없는 삶. 비록 내 하루가 느슨하게 흘러간다 해도 오늘이 떠나가기 전에 해야 하는 일들을 매일같이 꾸준히 해 나갈 수 있다면, 나는 그것을 성실한 삶이라고 믿고 나아가려 한다. 나의 꿈이 깨지더라도 그 조각은 보다 견고하고 큼직하기를 바라면서 내가 내렸던 그간의 선택을 더 이상 후회하지 않으려 한다. 바라는 대로 이뤄지기만 하는 삶은 미지

하다는 것을 알기에, 우리가 사는 이야기들이 극적일 수 있는 게 아닐까 생각한다. 단 하루도 똑같을 수 없는 인생을 살아가면서 우리는 앞으로도 무수한 감정의 파도에 휩쓸리고 그러면서 웃기도 울기도 하겠지.

누구나 낭만이 흘러넘치는 삶을 염원할 것이다. 많이 바라 왔고, 그만큼 노력했고, 어쩌다 스스로를 비난하고 낙망하기도 하겠지만, 그럼에도 정말 사랑했고, 애틋했고, 나이가 들어서까지 마음속 깊은 곳에 깊이 간직할 수 있는 눈부신 한순간으로 남아 있을 수 있다면 내 삶이, 우리가 사는 삶이 더욱 아름다울 수 있을 것 같다.

마른 잎들이 땅 위를 소복이 덮어 주는 가을이다. 소란스러웠던 한 해를 견뎌 내고 비로소 풍성하게 맺힌 열매들이 서서히 영글어 가는 모습을 바라보면서 나는 당신의 안녕을 궁금해한다. 당신은 일 년 동안 얼마나 많은 것을 감내하며 살아왔을까. 부디 당신의 하루하루가 수수하게 흘러가기만을 바란다.

현재의 삶을 살아가면서 나도 계속 좋아지려 노력하겠지만, 이따금 생각에 잠식되면 되는대로 흘려보내야겠다. 그것은 극적인 삶을 살게 해 줄 작은 추억으로 간직되고 있을 테니까. 사랑하는 삶을 살아가겠다. 내게 다가올 모든 날을 사랑하며 살아가겠다.

삶을 극적으로 살아가는 건 좋지만,

그렇다고 비극적으로 살 필요는 없다고

말해 준 당신 덕분에,

나는 한 번 더 용기를 내고

한 발짝 앞을 향해 내디뎌 보기로 한다.

쇠퇴

　달이 예뻤던 날도, 구름이 예뻤던 날도. 하늘 아래 마른 잎이 추락하는 애틋한 풍경도, 붕어빵을 사 들고 어디론가 향하시는 어르신의 뒷모습도. 그렇게 가식 없이 흘러가던 날것의 흔적들조차도 이제는 바닥에 깔린 낙엽 이불처럼 힘없이 가라앉는 것만 같다.

　나날이 무뎌지고 어렴풋이 남게 되는 기억의 조각 또한 아무런 미련도 없이 곧장 떠나겠다는 듯 보이는 태도에 이제는 섭섭한 마음이 들기도 한다. 쇠퇴하는 건 어쩌면 가을이라는 계절뿐만이 아니라 우리의 세월 자체를 의미하는 것인지도 모르겠다.

333km 산책

어느 가을날 부산에 다녀왔다. 그곳에서 누굴 만난다거나 무언가 해야 할 일이 있는 건 아니었다. 단지 그냥 좀 걷고 싶었다. 그걸 부산에서 하고 싶다는 작은 바람이 불었을 뿐.

부산을 좋아하고 그 안에선 영도를 제일 좋아한다. 왜 좋냐는 주변 사람들의 물음에는 언제나 '글쎄' 혹은 '그냥' 정도로만 대답한다. 좋아하는 것에는 이유를 대지 않기로 했다. 무언가를 이유 없이 좋아할 수 있다는 게 얼마나 귀중한 일인 걸까. 재기도 전에 온전히 그것을 진심으로 대할 수 있다는 뜻일 테니 말이다.

　아이들이 많이 뛰노는 시민공원이나 숲이 우거진 어린이대공원을 찾아가고, 저녁에는 영도로 넘어가 감지해변에서 해가 지는 것을 멍하니 바라보던 게 전부였던 하루. 크게 일렁이지 않는 바다를 둔 섬이라서 그런지, 사람들도 하나같이 잔잔한 파도를 닮아 작게 일렁이는 듯 보였다. 쉽게 휘둘리지 않고 고요히 제자리에 머물 줄 아는 나도 함께 몸을 맡겼다. 느슨한 일정으로 여기저기 천천히 쏘다니기만 해도 느껴지는 게 많아 소중했던 하루. 서울에서 부산까지 와 놓고 왜 관광지가 아닌 곳들만 돌아다니냐며 신기해하시던 택시 기사님의 물음에도 흔들리지 않았다. 나는 기사님께 막상 이곳에 오니 여기가 내가 사는 동네 같아서 인근 산책만 하고 있다고 말씀드렸다.

　물론 뭐든 피부로 직접 느껴 보는 걸 좋아해서 유명한 관광지를 다니는 즐거운 경험도 쌓고 싶다. 하지만 이번에는 그러지 않았다. 머릿속에 작은 것들을 기록하고 싶었다. 오래된 골목길과 옥상에 널려 있는 빨래, 낡은 아파트, 구부러진 표지판, 녹슨 자전거, 화단의 식물들, 들꽃, 영도 바다, 2층 창문을 타고 나오는 설거지 소리, 할머니 손에 쥐어진 지팡이가 땅을 치는 소리, 강아지와 고양이 울음소리 같은 것들을. 사물이든 소리든 사람들이 무심하게 여기고 지나치는 그런 것들을 말이다.

부산을 분기에 한 번씩은 오가는 것 같은데, 찾아갈 때마다 조금씩 변화하는 것들이 눈에 보인다. 이번에는 어떤 트렌드가 유행이길래 사람들이 저렇게 몰려 있는 걸까. 호기심은 생기지만 굳이 다가가지는 않는다. 무언가를 보여 주고 이목을 끌기 위해 변화해 나가는 것보다, 24절기 내내 한결같이 정적하고 있는 것들이 좋다. 잠깐 스쳐 지나가고 마는 것이 아닌 세월을 통째로 머금고 있는 듯한 그런 장소가.

언젠가 이날이 그리워진다면 나는 작은 것들의 자리를 생각해 보고 싶다.

앞으로도 이곳저곳을 유랑하며 거처를 옮겨 나가겠지. 최종적으로 나는 부산으로 향할 것이다. 이왕이면 그곳이 영도였으면 좋겠다. 한동안은 팽팽한 끈이 끊어질 것처럼 치열하고 모난 삶을 살아갈 테지만, 내면은 언제나 숲을 거닐고 바다를 바라보며 작은 것들에 귀 기울이는 것을 마다하지 않기로 했다. 옹졸해지지 않고 사람의 냄새로 가득한 내 안의 장소를 만들어

내고 삶의 정취를 잔뜩 묻혀 나가고 싶다.

'이왕 오셨는데 잠시 머물다 가셔도 좋아요'라는 말을 영도가 내게 들려주었으니, 나는 나를 찾아오는 손님들께 그 말을 전하려고 한다. 그리고 먼 훗날에 내 소임을 모두 마치고 나면, 나는 다시 너를 찾아가겠다.

바람의 서한

느닷없이 서늘하게 식어가던 새벽 공기가 내 몸을 잔뜩 움츠러들게 했다. 살갗을 훅 스치는 그 냉랭한 기운 탓에 잠시 잠에서 깨어났다. 창문 너머에서 이곳을 두드리던 바람은 절기가 바뀌었다는 소식을 품에 안고 내 뺨을 스쳐 지나갔다. 잠든 사이에 여름은 떠나가고 가을이 찾아왔더란다. 아, 지나간 계절을 배웅해 주지 못한 채 새로운 계절을 맞이하게 됐구나. 가슴이 조금 저릿하다. 속 깊은 곳에서 무언가가 파도처럼 한순간에 밀려오고 있는 것 같다. 계절은 자연스럽게 흘러가는 것일 뿐인데, 난 왜 매 절기가 바뀔 때마다 가슴 한편에 미약한 통증을 느껴야만 하지? 계절은 흘러가는 게 아니라 죽어 가는 것이라 여겨서일까. 좀처럼 익숙해지질 않는다. 며칠만이라도 더 머물다 갔으면 하고 소원해 보지만 미련 없이 뒤돌아서는 모습을 마주할 때면 마냥 섭섭하다. 추억이 많아서라는 핑계를 대 볼까? 아니, 그래도 어쩔 수 없나 보다. 계절을 대하는 내 태도가 그러하다 해도 매정하게 곧이곧대로 돌아설 수 있는 게 아니니까. 작은 것들에도 심심하게 감정을 표현할 줄 안다는 것을 다행스럽게 여겨보기로 했다. 부디 그런 생각들이 여느 때와 같이 나의 바다를 조심스레 달래 주었으면 좋겠다.

잠옷 차림으로 문 바깥 옥상에 나왔다. 구름 한 점 없는 새벽 하늘. 그 가운데를 비추던 청초한 달빛 한 줌. 바람결에 스치고 누워대는 나뭇잎이 익어 가는 소리도 들린다. 그렇네. 바람의 말대로 이곳의 공기는 어느새 가을을 머금고 있구나.

여름밤마다 바깥에 나와 풀벌레 울음소리와 함께 시간을 보내던 소박한 추억. 담백하고도 은은한 바람을 맞아 가며 또 한 번 그럴 수 있을까. 그때도 내가 이유 없이 미소를 지을 수 있을까.

훗날 오색 빛으로 가득 채색된 나무들 사이에 서게 된다면 바닥에 굴러다니는 마른 잎들을 유심히 바라볼 거다. 바람에 의해 이리저리 치이고 바스락 소리를 내며 생명을 그리워하는 그 수많은 조각 중에서 예쁜 걸 한 장 주워 볼까 한다. 주운 걸 주머니에 넣고 집으로 가져와 일기장 사이에 포개어 두려 한다. 그렇게라도 지나가는 계절을 그리워하고 싶다. 가을의 따스함을 노래하던 무르익은 햇살과 살랑살랑 수줍게 춤추던 풀잎들을 모두 사랑이라 치부하며 보내오던 짧은 시간 안에 의미 부여하는 것 정도야 가능하지 않을까. 만물이 이윽고 생명을 소진한다 해도, 남아 있는 것은 낙엽 한 장뿐일 테니 말이다.

그렇게 오늘날의 일기 한 장, 그날이 담긴 낙엽 한 장. 총 두 페이지의 이야기가 담기겠네. 그런 추억거리를 품은 채로 내가 편히 웃을 수 있는 나날들을 보낼 수 있을까.

추분이 지나면서 밤이 꽤 일찍 찾아오기 시작한다. 그렇다면 괜히 조급해질지도 모르겠다. 이른 어둠이 찾아온다는 건, 외로이 보내야 할 밤이 더욱 길어진다는 이야기니까.

절기가 바뀌어 나갈수록, 지나간 추억들과 멀어져 가는 것만 같다. 한때에 속절없다던 그리움의 색도 이제는 바랠 대로 바래서 그 형태가 잘 보이지 않는다. 언제쯤 내 삶을 안아 주며 살아갈 수 있는 걸까. 한걸음 또 한걸음, 잘 나아가고 있다고 스스로에게 이야기해 줄 수는 있는 걸까. 가을이 찾아왔다는 소식 앞에 머뭇거리고 있을 수만은 없었다. 하다못해 흘러가는 바람 속에 못다 한 작별의 말들이라도 실어 보내야겠다. 나름의 탈피를 했으면 하는 마음으로 이번 계절은 조금 더 잘살아 보려 한다.

가을 앓이

날씨가 쌀쌀해지니 아침저녁으로 제법 선선하고 맑은 바람이 불어온다. 햇살이 방 안을 따뜻하게 채울 무렵, 부스스한 눈을 비비며 잠에서 일어나 제일 먼저 창문을 열었다. 집안의 탁한 공기와 신선한 바깥공기가 나를 기점으로 서로 교차하는 기분이 든다. 하루 간 머물렀던 손님을 보내고 새 손님을 맞이하듯 반갑게 인사를 건네 본다. 하늘이 제법 높아진 덕에 창밖에 보이는 세상은 더욱 드넓게 보인다.

서늘하던 기운 탓에 감기라도 걸릴까 봐 오랜만에 두터운 가디건 하나를 꺼내 입고 외출을 나섰다. 한적하던 집 앞 한강공원은 언제 그랬냐는 듯 다시금 사람들로 붐비기 시작했다. 계단 앞에 앉아 담소를 나누는 연인도, 자전거를 타러 나온 사람도, 산책을 나온 어르신도, 뒷모습에 흥이 가득 묻어 나오던 강아지도. 그 어느 계절보다 바람을 즐기기 좋은 가을날의 분위기를 피부로 느끼는 장면들을 바라보게 된다.

날씨가 제법 선선해지니 이제는 주변 사람들도 서서히 바깥으로 나오기 시작했다.

친구 중에 한 녀석은 이 계절이 좋다고 했다. 왜 그러냐 물었더니 글쎄, 자기는 굴을 되게 좋아하는데 그게 가장 맛있는 시기가 가을이라서 지금이 오기만을 기다렸다는 게 아닌가. 감탄하며 웃음을 터트렸다. 제철이라는 맛있는 설렘만으로 그 계절의 모든 순간을 기대하고 좋아할 수 있다니. 순수함이 묻어나는 말을 주고받으니 난 그 순간 충분한 즐거움을 만끽할 수 있었다.

제철을 맞은 가을 과일에는 뭐가 있을까. 사과나 배, 무화과 혹은 감 정도이려나. 과일을 시기마다 챙겨 먹는 편은 아니지만, 홍시나 곶감은 머릿속에서 종종 생각나는 과일이라서 그것들을 사 와 자주 얼려 먹곤 했다. 말이 나온 김에 이번에도 냉동실에 넣어 두고 때마다 한 알씩 꺼내 먹자고 꼭 다짐했다. 가을이란 계절을 붙잡고 있음을 두 눈으로 충족하고 싶은 마음에서다.

무더운 여름은 이미 지나갔고 뒤이어 찾아온 가을이 한창이다. 나는 이 낯선 계절을 한 번 좋아해 보려 한다. '가을 한 권, 가을은 독서의 계절' 의식하지 않고 입술로 발음하며 이 말이 꽤 일리 있다고 생각했다. 가을 하늘은 그 어느 계절보다 청명하고 상쾌하다. 더군다나 추수를 마친 세상은 곡식을 모두 비워 낸 탓에 하늘과 땅의 사이가 한층 더 가까워진 듯하다. 역시 만물도 마음도 비워진 이때 읽는 글이 가장 좋다고 나는 생각했다.

이번 가을엔 책 한 페이지라도 더 넘겨 보자고 다짐한다. 어딘가로 향하는 버스나 열차 안에서 음악 소리 대신 책 페이지 넘기는 소리를 더 자주 들어보려 한다. 마음 한자리를 비워 그 안에 문장을 채워 넣어야겠다.

무엇이든 경험하고 나면 잇따른 아쉬움이 생겨난다. 여행을 다녀와서는 물론이고 한 철을 보낸 뒤에도, 그때 만난 사람들도, 제철을 맞이해 가장 맛있게 먹었던 과일, 그리고 그 어떤 순간이든. 시기가 지남을 깨달은 뒤에 찾아오는 아쉬움에 나를 가두어 두고, 앞으로 나아가는 발걸음은 늘 무겁다며 중얼거리는 내가 있다. 그렇다고 후회만 가득한 건 아니다. 단지 소중함을 보다 소중하게 여겨서 그렇다고 생각한다. 그 덕에 올여름도 다양한 추억 속에서 많이도 앓았다. 앓는다는 게 꼭 나쁘지 않은 이유는 그 순간을 사랑하는 만큼 내 기억 속에 오래도록 머물다 가길 바라는 마음이 들어 있어서이다. 그러니 가을에도 그런 앓이를 해 보려 한다. 너무나 소중해서 애틋하게 여겨지는 그런 가을 앓이를.

냄새로 전하는 안부

옆 건물 옥탑에 새로운 누군가가 이사를 왔나 보다. 요 몇 달 동안 들리지 않던 계단을 타고 올라가는 발소리가 우리집 창문 너머로 들려왔다.

찰그랑찰그랑

열쇠를 꽂아 문을 따는 소리. 아, 도어락이 아니라서 다행이다. 이 낡은 동네에 금방 스며들 수 있는 분이 오셨나 보다. 누가 왔을까? 창문 너머 고개를 슬쩍 내밀었다. 혹시라도 눈이 마주치면 어쩌나 하는 조심스러운 마음은 어쩐지 수줍어하던 열일곱의 청춘을 닮았다.

20대 후반에서 30대 초중반으로 보이는 한 남자의 뒷모습. 이 근처에서 직장을 다니시나? 혼자 사는 건가? 본가는 어디지? 머릿속에 떠다니는 이런저런 물음표들을 가득 띄워 봤다. 따로 인사를 드릴 생각은 없고 일부러 훔쳐볼 생각도 없지만, 각자의 자리에서 어쩌다 종종 서로를 마주 보게 되는 일 정도는 생기지 않을까. 빨래를 널러 나온다던가, 바람을 쐬러 나오는 자연스러운 일상 속에서 말이다. 물론 되도록 나는 창문 사이로 숨어 있을 테지만 말이다.

언제였나 하늘이 붉게 저물어 갈 무렵, 빨랫줄에 널어놓았던 이불을 가져오려고 옥상 밖으로 나왔다. 은은하게 퍼지는 기분 좋은 섬유유연제를 맡을 생각에 잠시 마음이 두근거렸지만, 어디선가 코끝을 자극하던 맛있는 냄새가 그 생각을 묻어 버렸다. 생선이 노릇하게 익어 가는 냄새. 어느 집 반찬일까? 고개를 돌려 보니 방향은 얼마 전에 이사 왔던 옆 건물 옥탑 쪽이었다. 야외에서 버너를 두고 생선을 굽고 있는 사람의 모습이 보였다.

'요리해서 드시는구나. 좋다.'

요즘 음식을 직접 해 먹는 나날을 보내고 있어서 그런지, 그러한 모습이 무척이나 반갑고 기분 좋았다. 더구나 1인 가구가 많은 시대에 음식을 해 먹는 일이 드물다 보니 더 그랬을 거다. 이불에서 나는 냄새는 뒤로한 채, 방 안에 들어와서도 그 냄새를 맡고 싶어 거실 창문을 살짝 열어 놓았다. 요리를 잘하시나 보다. 맡아도 맡아도 불쾌하기보단 되려 식욕을 자극하는 냄새였다.

삶을 살아가는 누군가의 이야기를 냄새로 알 수 있다고 생각하니 이것은 꽤나 큰 기쁨처럼 여겨졌다. 다음날의 나는 생선이 먹고 싶었지만, 집에는 버너가 없고, 실내에서 굽자니 벽지에 생선 냄새로 가득 베일 테고, 그렇다고 에어프라이어를 가지고 있는 것도 아니어서 먹는 일이 쉽지 않았다. 그래서 나에게 생선은 식당에서나 먹을 수 있는 음식이었지만, 나도 저분께 냄새에 마음을 담아 건네주고 싶었다. '덕분에 나도 생선 구워 먹어요'라고.

여하간에 그러한 기분 좋은 냄새는 며칠씩이나 이어졌다. 이따금 건너편에서부터 고기 굽는 냄새도 났고, 전을 부치던 고소한 기름 냄새도 났다. 우연일진 모르겠으나 어떤 날은 점

심에 창문을 열고 된장찌개를 끓였는데, 저녁에 그쪽에서 된장찌개 끓이는 냄새를 맡을 수 있었다. 내가 보낸 냄새에 대한 보답이었을까. 내심 신기하고 부끄럽지만서도 마음에 뿌듯함이 가득했다.

여전히 서로 얼굴을 마주해 본 적이 없고, 인사 한 번 나눈 적도 없다. 그럼에도 가을 공기는 나와 그의 안부를 이리저리 옮겨다 주었다. 둘의 삶은 분명 다르게 흘러갈 테지만, 살아가는 방식은 대개 비슷하다는 걸 냄새로 알게 되었다.

가을이 지나면 당분간 창문을 열지 못한다. 자칫 잘못하면 집 안의 모든 게 얼어붙기 때문이다. 옥탑의 고질적인 문제인가 보다. 그건 옆 건물의 당신도 마찬가지일까. 겨울이 머무는 동안은 그의 삶을 궁금해하겠지만, 겨울을 무난히 보내고 이듬해 봄부터 다시 서로가 서로에게 지금처럼 냄새를 흘려 주기를 바라고 있다.

꽃이 피기 시작하면 지난겨울은 편안히 나셨냐고 안부를 전해야겠다.

생기를
되찾고 있어요

가을이 익어 가는 만큼 담백한 공기가 창문 너머에서부터 흘러 들어온다. 우리집 거실에는 작은 테이블이 하나 놓여 있는데, 요즘 거기에 앉아 밥을 먹거나 책을 읽거나 하며 이런저런 여가를 즐긴다.

여름이 한창일 무렵에는 그 자리에 잠시만 앉아 있어도 옷이 땀으로 흥건해질 정도라 매번 기피했지만, 이제는 그렇게 하지 않아도 된다. 거실 창문과 현관 창문을 함께 열어 두면 그 사이로 드나드는 맞바람이 얼마를 앉아 있든 간에 시원함을 느끼도록

해 주었다.

그 덕분에 훨씬 홀가분하고 상쾌하게 집에서의 시간을 보낼 수 있었다. 편안함을 가장 많이 느끼는 공간에서 기분 좋은 휴식을 하염없이 취할 수 있다는 게 어찌나 반가운 일이던가. 더구나 그동안 사용하지 못하던 자리에서 하고 싶은 걸 미뤄 두기만 했던 것들을 하나씩 해 나가고 있다는 사실이 얼마나 기쁘던지. 그러면서 서점을 찾는 빈도도 자연스레 늘어갔다.

먼지만 쌓여 가던 테이블에서 누릴 수 있는 정적인 즐거움을 계속해서 찾아내는 하루하루를 보내게 된다. 걸음이 없이도 실속이 이어지고 있으니, 가을의 일상을 다른 때보다 더욱 보살피게 된다. 한동안은 타인에게 하루도 거르지 않고 눈이 풀려 있다는 말을 들어왔었는데, 이제 그만 생기로 가득해질 때도 되지 않았나 싶다.

손수 적어 낸 꿈

　　　　　　　　미용사가 되는 것이 새로 가진 꿈이다. 그 꿈 안에서 미용실을 운영하는 내 모습을 그려가고 있으며, 또한 여전히 펜을 쥐고 있길 바라는 소망도 담겨 있다.

　작지만 꼭 해 보고 싶은 것 하나를 말해 보자면, 내 가게에 방문해 준 손님들에게 수기를 건네드리고 싶다. 영업하지 않는 날에 몽땅 작성해 둘 것이며 지금처럼 계절을 적어 내려가는 문장을 담아 드리려고 한다. 그리고 시술을 마치고 나가는 문을 열어 드리며, 오늘 와 주셔서 감사하다는 말과 함께 잠자리에 들기 전 꼭 한 번 읽어 보시라 전하고 싶다.

　그러기 위해선 일단 내 글씨가 예뻐져야 할 필요가 있겠다.

심각한 악필인지라 나조차도 내 글씨를 읽을 수가 없으니까 말이다. 그래서 글씨를 교정하는 책 한 권을 사서 요즘 매일같이 글씨를 연습하고 있다. 드라마틱한 변화가 일어나는 건 아니지만, 조금씩 형태를 갖추어 나가는 글자들을 보면서 작게나마 웃어 보고 있다. 가독성이 좋아지는 만큼 내가 전하는 마음을 온전히 건네드릴 수 있다면 좋겠다.

요즘은 훗날 그 편지를 읽게 될 손님들의 얼굴을 떠올리곤 한다. 그날 밤이 행복할까? 꼭 그랬으면 하고 소원한다.

어느 것보다 짙은

책을 읽다가 마음에 드는 문구를 발견했을 때 따로 메모해 두었다가 나중에 줄 공책에 한 자 한 자 다시 적어 나가는 일. 그렇게 내 필체로 적어 낸 나만의 예쁜 문장들을 한 권의 책이 되기까지 꾸준히 채워 나가는 일. 나는 그 일을 마다하지 않고 지속해 나가기로 했다. 바라는 소원이 있다면, 훗날 그것을 사랑이라 칭할 수 있는 사람에게 선물하고 싶다. 오로지 나의 취향이 묻어난 그 한 권의 책을 눈앞에 서 있는 상대의 손바닥 위로 쥐여 주는 것만큼 낭만적이고 근사한 일이 또 있을까. 내가 할애한 시간과 나의 세월을 가득 담고 있는 이 세상에 단 하나뿐일 테니 말이다.

달빛을 머금은 마음

　　　　　　　일과를 마치고 집으로 돌아오는 길에 저녁에 먹을 식재료를 사러 마트로 향했다. 옅은 한숨을 내쉬고 오랜만에 올려다본 하늘은 벌써 캄캄하다. 아직 저녁 7시가 안 됐는데도 빛이 사그라들다니 한 해가 저물어 가는 시기가 다가오는 걸 실감했다.

　마지막으로 하늘을 올려다보던 때가 언제였더라. 기억에 남는 건 비가 실컷 쏟아지고 하늘이 갠 날, 뭉게구름 사이로 찬란한 빛이 쏟아지고 그 후엔 커다란 무지개가 떠 있던 여름 하늘이었는데, 그날은 참 많이도 뛰어다녔다. 이제는 하늘을 올려다볼 수 있는 시간이 그리 많지 않다. 조만간 퇴근 시간이 자정에 가까워질 텐데 다시 낮이 길어지는 시기가 되돌아온다 한들 내가 이런 하늘을 올려다볼 기회들이 얼마나 자주 있을지 모르겠다.

조금 아쉽다. 종종 하늘이 예쁘다며 사진을 찍어서 보내 주는 친구들에게서 앞으로의 날씨를 듣게 되겠네. 해가 저무는 시간이 빨라졌으니 늦어도 지금보다 이른 시간에 문자가 오겠다. 다른 친구들도 오늘의 하늘을 보았으려나.

"오랜만에 하늘을 올려다봤는데 엄청 캄캄하네. 퇴근길 항상 조심해야겠어."

어렴풋이 생각나는 한 친구에게 전화를 걸었다. 그냥 문득 생각나서. 평소에도 자주 넘어지는 친구라서. 이제 밤이 길어지는 때가 왔기에 일찍이 주변을 살필 필요가 있겠다고, 특히 비가 내리는 날은 다른 날보다 더 어두워서 조심해야 한다고. 너는 빗길에 넘어지는 일이 다반사라 항상 바닥 잘 보고 다녀서 손바닥에 생기는 작은 상처들과는 조금 덜 인사하라는 말을 전했다.

"귀하게 여겨 줘서 고마워. 상처보다 너랑 인사하는 횟수가 많으면 좋겠다. 언제 또 만나서 같이 밥 먹자. 오늘도 고생했어."

귀하게 여기는 것, 내가 누군가를 그렇게 생각하고 대해 본 적이 없다고 여겼는데 너는 내게 그렇게 이야기해 주는구나. 전화를 끊고 나서 다시 한번 하늘을 올려다보았다. 마음이 따뜻해졌다. 나도 그런 예쁜 온기를 지닌 사람일 수 있을까? 검은 하늘 정 가운데에 빛나는 작은 별을 바라보며 나는 어떤 사람으로 살아왔나 생각했다.

상처가 많은 건 나도 마찬가지였다. 둔하고 덜렁대는 성격이다 보니 미련한 행동들이 습관처럼 나온다. 부주의함으로 인해 자동차에 치이고, 철창에 긁히고, 뼈가 부러지는 일들이 유년 시절부터 잦았다. 그 탓에 피부에 새겨진 자잘한 흉터들이 많다. 그래서 그런지 마음을 지키는 일 역시 더 세심히 신경 쓰게 되었다.

11년 전, 내게 건넨 누군가의 사소한 말 한마디가 여전히 가슴속에 살아 숨 쉬고 있다. 그 말이 나의 원동력이라면 좋겠으나, 문제는 그 반대라는 거다. 그보다 더 문제인 것은 그 감정이 정말 가깝게 지내 온 친구로부터 생겨났다는 것이다. 그 작은 말로 인해 내가 여전히 과거를 바라보며 웃을 수 없다는 게 얼마나 서글픈 일인지 그는 아마 오늘까지도 모를 거다.

모두가 그러한 것은 아니겠지만, 내가 감당하지 못할 크기의 상처들은 가까운 사람에게 받은 것이 대부분이었다. 하지만 어쩌면 당연한 걸지도 모르겠다. 마음에도 없는 이들의 말은 쉽게 흘려보내고 멀리할 줄 알지만, 마음을 주고 있는 사람들과의 추억을 소중하게 여기는 만큼 그들에게서 얻은 상처도 오래도록 잊지 못하고 가슴속에 보관하게 되니 말이다.

소중함과 익숙함을 헷갈려서 곁에 있는 이들에게 알게 모르게 상처를 입히기도 한다. 뭣 모르던 어리숙함에 의해 누군가와는 실망을 주고받거나 절연으로 이어질 수도 있다. 아쉽지만 내게도 그랬던 사람이 몇몇 있다. 여전히 좋게 넘어갈 수 없는 걸 보면 앞으로도 함께할 일이 잘 없을지도 모르겠다. 속상한 일이지만 때에 따라선 그렇지 못할 수 있는 거라며 그들에게 전해왔던 온기를 이제는 곁에 있는 이들에게 더욱 부여하기로 했다.

관계라는 건 늘 생각을 거듭하고 배워 나가야 하는 과제 같다. 좋은 사람이라고 해서 누구에게나 좋은 사람일 수는 없겠

고, 좋게 하려 의식하지 않아도 본질은 늘 중심에 머물고 있을 거라 믿어 본다. 내가 어떤 사람인지는 결국 나를 따라 주는 사람들에 의해서 보일 거다.

　내게 고맙다는 인사를 전하는 사람에게 좀 더 다정한 계절을 선물해야겠다. 달빛을 머금은 구름 하나가 유유히 흘러가는 모습이 보인다. 저 구름이 지금 내 마음 같더라.

완급조절

"여기로 오게 되신 이유가 있나요?"

내가 후암동에 방을 구하러 다녔을 때, 공인중개사분이 말씀하셨다.

"어르신이 많이 계셔서요."

내 대답은 고작 그러했다. 어르신이 많아서, 조용해서, 변화가 더뎌서. 그게 이유라면 이유였다.

내가 살던 집은 가파른 언덕길 한가운데 위치한 5층짜리 빌

라였다. 집이 5층이었고 엘리베이터는 없었기 때문에 계단을 타고 집에 들어오는 순간엔 늘 숨을 헐떡일 수밖에 없었다. 그래도 창밖으로 내려다보이는 전경은 언제나 예뻤고, 해가 저무는 모습도 매일 아름다웠다. 그리고 그 아래 느긋하게 길을 걸어가고 계시는 어르신의 모습과 책가방을 메고 집으로 향하는 몇몇 아이의 모습을 바라보는 걸 유난히도 좋아했다. 그런 장면들을 바라볼 때만큼은 눈과 귀가 분란하지 않았다. 그렇게 모두의 하루가 끝나 가는구나. 그런 생각으로 그날 하루 일과를 마치곤 했다.

누구나 좋아하고 마음에 들어 할 수 있는 작은 동네에 살았다. 그러나 내 나이 또래는 이곳에 잘 없다. 그게 나에겐 장점으로 여겨졌다. 평소 사람을 만나는 일이 드물기도 했고, 누구를 만나고 싶어 하지도 않았다. 주간에는 바깥에서 일을 했고 집에 와선 늦은 시간까지 공부했다. 그나마 외출이라곤 자정이 지날 무렵에 아이스크림을 사 들고 남산타워 전망대까지 올라가던 게 전부였다. 그렇게 내게 주어진 할 일을 다 마치고 나면 나름의 느리고 잔잔한 흐름을 잠시나마 즐겼다.

느린 것을 즐긴다곤 하지만 실은 언제나 분주했기 때문에 그랬던 것 같다. 사는 게 부단하고 정신없으니 남는 시간이라도 조용하길 바라는 마음이었을 테지. 그러니 어르신이 계신 곳들을 좋아할 수밖에. 소란스러운 장소는 오래 머물지 못하겠고, 차라리 공원에 앉아 시간을 보낸 뒤 해 질 무렵에 집 근처 조용한 곳에서 술 한 잔 마시는 걸 즐겼다. 놀아도 항상 어르신처럼 노냐는 이야기를 많이 들었다. 어쩌면 동네가 지닌 정취를 닮아 가는 게 아니었나 싶다. 내 취향을 존중해 주고 내 상황을 굳이 물어보지 않는 몇 안 되는 곳이었던 것처럼 나도 그렇게 '그럴 수도 있지'라는 마음을 지닌 채 늙어 갈 수 있다고 믿어보고 싶었다.

여전히 아이나 또래를 대하기보단 어르신을 대하는 쪽이 훨씬 편안하게 느껴진다. 이미 바랠 대로 바랜 그분들의 삶에 덤덤하게 찍혀 있는 발자국을 따라 나서는 게 좋았다. 녹록한 게 아니라 유려해 보인다. 나도 늙으면 저렇게 덤덤한 노인이 되고 싶은 마음과 존경을 담아서 새로운 발자국을 내어 본다. 나는 지금도 그걸 미리 연습하는 중이라고 종종 친구들에게 우스갯소리로 말한다.

낙엽 비

　　버스를 탔다. 카메라와 함께하는 느긋한 외출은 오랜만이었다. 단풍이 한창인 요즘엔 어디를 가야 예쁜 사진을 담을 수 있을지 궁금했다. 나는 계획적이기보단 즉흥에 가까운 성향이라서, 이번에도 어디를 찾아갈지 미리 정하지 않았다. 일단 창밖의 풍경을 바라보며 고민했다. 장소를 결정한 건 버스를 탄 이후부터 정거장을 세 번 지나쳤을 무렵이었다. 다행히 생각보다 그리 오랜 시간이 걸리지 않았다.

'삼청동을 가자.'

마침 얼마 전에 주변 지인으로부터 삼청동에 완연한 가을이 찾아왔다는 소식을 전해 들었다. 최근에 나는 그곳을 봄과 여름 두 계절 연속으로 찾아갔었고, 꽤 오래전 겨울에도 한 번 다녀왔던 기억이 났다. 가을에 찾아가는 건 이번이 처음이었지만, 그곳은 어느 계절을 맞던 정갈함과 단아함을 함께 겸비하며 각양각색으로 도드라지던 동네이니, 가을이라는 계절색도 역시나 예쁘게 내뿜고 있지 않을까 싶었다.

집에서 목적지까지 단번에 가는 대중교통은 없고 중간에 하차해서 마을버스로 갈아타야 했다. 서울역에서 하차한 다음 조금 걷다 보니 마을버스가 정차하는 정류장이 나왔다. 평일이라 그런지 사람 하나 없이 오직 나 혼자만이 정류장 팻말 아래에서 있었다. 주머니 속에 넣어 둔 카메라를 만지작거리면서 말이다.

몇 분 지나지 않아 버스가 다가섰고, 나는 버스에 올라타 자리에 앉은 뒤 소지품을 정리하고 있었다. 운전석에서 잠시 쉬었다가 출발하겠다는 기사님의 목소리가 들려왔다. 그러면서 나는 하늘을 올려다보았다. 가을의 하늘은 참 드높고 청명한 것 같다. 이내 열려 있던 문을 타고 들어온 바람이 내 살갗을 스첬다. 나는 버스 출입문으로 시선을 옮겼다. 그 밑에서 소복이 쌓여 있던 작은 낙엽 뭉치들을 발견했다. 나는 자리에 앉은 채로 서둘러 카메라를 들어 그 장면을 담아냈다. 그게 내가 남긴 올가을의 첫 장이었다. 출발하기도 전에 내 발걸음이 두둥실 떠오르는 듯한 기분이 들었다. 그건 어쩌면 바람이 건네준 작은 선물이었을지도.

그 자리에서 한 10분 정도 정차해 있었나. 그동안 느린 바람을 타고 이리저리 굴러다니는 낙엽들을 구경하기에 충분했다. 이윽고 다시 바퀴를 굴려대던 버스는 금방 목적지까지 도착했다. 나는 버스 바깥으로 나와 눈 앞에 펼쳐진 풍경을 바라보았다. 그곳에서 거리를 즐비한 나무들은 이미 완연한 가을의 형상을 띄고 있었다. 연둣빛과 노란빛이 적절히 조화를 이루고 있던 이곳은 예상하던 대로의 아름다움을 내보이고 있었다.

평일인데도 사람들의 웅성거리는 소리가 양옆으로부터 분주하게 들려왔다. 동시에 휴대폰 카메라의 셔터 소리와 함께 주변인의 웃는 모습들도 자주 보였다. 원래 산책하며 음악 듣는 걸 좋아하지만 오늘은 왠지 사람이 주는 울림 자체가 그리워 음악을 대신해 주변 소리에 귀 기울였다.

낙엽 비가 지면에 쏟아져 내릴 때마다 양옆에서 들려오는 탄성들은 내 마음을 허공에 붕 떠오르게 만든다. 그들의 밝은 미소와 노란 은행잎은 참 예쁘게도 익어가고 있었다. 순간 은행잎 한 조각이 내 왼쪽 어깨 위로 살포시 내려앉았고, 나는 그것을 들어 잎맥 부분을 슬며시 만져 보았다. 자잘하게 주름진 부분에서는 연약하지만서도 깊은 이야기를 담아낸 듯한 촉감이 느껴진다. 그래서 그런지 옛날부터 나는 이것을 사람의 지문과 비슷하다고 생각하곤 했다. 형체는 없지만 만지다 보면 왠지 모를 그리운 감각이 살아나는 것만 같다. 내 손을 만지작거리던 주름진 할머니의 손. 보고 싶지만 이제는 만나 볼 수 없는 이들과의 어렴풋한 기억들도. 혹시 어떤 이의 손은 이 은행잎과도 비슷한 촉감이 느껴지지 않을까도 생각해 본다.

그러고 보니 누군가의 손을 잡아 본 지도 꽤 오래되었다. 서로의 체온을 나누던 한때의 기억이 이리도 가냘픈 추억 따위가 될 수 있다는 것 정도를 깨닫고 이내 쓸쓸하게 미소를 지어 본다.

햇살에 의해 빛을 내뿜던 잎새들 하나하나가 바람을 타고 땅 위로 떨어진다. 두 눈을 꼭 감은 채 검은 도화지 위에 빠르게 변

모하는 풍경을 그려 본다. 시간이 머릿속의 기억을 서서히 지워나가더라도 작은 편린 정도는 남아 있겠지. 언제든 냄새를 맡게 된다면 그 순간을 머무르며 잔뜩 그리워해야겠다. 지나간 인연들과 사랑하던 순간 그 모든 것들을.

이맘때는 해가 저물면서 이른 추위가 찾아온다. 두꺼워져 가는 사람들의 옷차림을 보니 집에 혼자 있을 겨울이가 떠올랐다. 나는 잡다한 생각을 이만 집어넣기로 하고, 서둘러 집으로 되돌아가는 버스에 올라탔다. 퇴근 시간이라 승객들로 북적이는 이 작은 공간 한가운데서 손잡이 하나를 붙잡고 창밖을 바라보았다. 하늘에 남아 있던 빛마저도 순식간에 사라져 갔다. 도로 위에 즐비한 자동차들은 이리저리 움직이질 못하는데 가을 하늘은 평소보다 빠른 속도로 내일을 맞이하려 했다. 고양이의 하루도 이런 느낌으로 흘러가려나. 녀석은 지금쯤 뭐 하고 있을까. 현관문을 열고 들어가면 평소처럼 왜 이제 돌아왔냐는 잔소리를 건네주었으면 좋겠다고 생각했다.

시간이 머릿속의 기억을

서서히 지워나가더라도

작은 편린 정도는 남아 있겠지.

언제든 냄새를 맡게 된다면

그 순간을 머무르며

잔뜩 그리워해야겠다.

낙엽 같은 사랑

흔들려도 좋을 당신과의 사랑.

앓아도 좋을 당신과의 사랑.

잿빛으로 바래도 좋을 당신과의 사랑.

추락해도 좋을 당신과의 사랑.

부서져도 좋을 당신과의 사랑.

담담한 진심

사람의 본질은 어쨌든 이기적인 마음을 기반에 두고 있다고 생각한다. 내가 그런 사람이기에 만나는 사람마다 항상 진심으로 대한다고 마냥 자신하진 않는다. 그렇다고 그게 가식은 아니다. 내가 하는 일에 영향을 받지 않는 선에서는 언제나 타인에게 최선을 다하고 있고 또 그러고 싶어 한다. 그래서 그런가, 나는 누군가에게 직접 다가가는 편은 아니고 몇 걸음 물러서서 그 사람을 바라보곤 한다. 지금 걸어가고 있는 길이 어긋나지 않는다면 굳이 나서지 않는다. 알아서 잘하고 있는 거니까. 반대로 방향이 틀어지는가 싶을 때는 그렇게 가는 거 아니라며 잠깐의 오지랖을 부리고 이내 괜찮아진다

싶으면 다시 멀찌감치서 지켜본다. 그렇게 반복적으로.

선택의 갈림길에 선 사람에게 묻는다. 삶에 답이 정해져 있는 건 아니지만, 적어도 삶을 사는 데에 있어서 자신이 내린 선택에 후회는 하지 말아야지 않겠나. 나는 그걸 묻곤 했다. 너의 그 생각이 정말 바라던 게 맞냐고. 그 질문에 고개를 끄덕일 줄 아는 것도 자신감이고 용기다. 그거면 충분하다. 후회하지 말고 나아가라며 이정표를 안내해 준다. 뭐라도 일단 부딪혀 가며 깨닫고 성장하는 사람들을 존경해 왔고, 잘살기를 진심으로 응원했다.

'열심히 살자.'

누군가를 위로하거나 응원해 줄 수 있는 따뜻한 말들이 다양하게 있지만, 그렇다고 너무 꾸며진 말은 싫어서 그냥 열심히 살자고 담담하게 표현한다. 열심히 살아야지. 세상은 각박함의 연속이라서 어차피 너도 힘들고 나도 힘드니까.

좋은 순간보다 힘든 순간이 많은 건 당연한 거랬다. 힘들어하는 사람한테 사는 게 어차피 힘든 거라고 이야기하는 것도 잔

혹하다. 차라리 이렇게 생각하자. 원래부터가 힘든 나날이지만 좋은 순간이 한 번씩은 있다고. 힘듦의 무게를 조금이라도 덜어 낼 수 있도록 나를 도와줄 수 있는 이를 찾는 것 또한 우리가 해 나가야 할 일이 아닐까. 할 일이 참 많다. 그럼에도 해 나갈 수 있다. 우리에게 주어진 삶은 한정적이고 차가움이 깃들어 있지만, 그 한정적인 시간의 농도를 따스함으로 채워 줄 사람과의 시간도 충분히 있다. 만약 없다면 나 자신이 그럴 수 있는 사람이 되자. 나의 행실을 닮은 사람이 분명 내 곁으로 다가올 테니까. 서로를 이해하는 마음이면 충분하다. 그게 우리를 지켜 낼 힘이자 나아갈 수 있는 계기가 될 것이다.

진심으로 하는 이야기다. 상대가 잘사는 모습을 토대로 내가 잘살아 갈 수 있는 용기가 생긴다. 인생은 각자도생이라지만, 그래도 그 안에서 공존이 이뤄지길 바란다. 이기적으로 살되 이타적으로 살았으면 좋겠다.

나는 내가 정말 잘됐으면 좋겠다. 그러니 그대들이 먼저 잘살아가길 바란다. 오롯이 이기적이고 이타적인 마음을 수반한 나의 진솔한 마음이 그렇다. 나를 포함한 모두를 응원한다. 열심히 살자, 열심히.

가지치기

출근길에 횡단보도 앞에서 보행신호를 기다리던 중 옆에서는 가로수의 가지를 잘라 내는 작업이 이어졌다. 근처로 다가오지 말라는 경고 표지판 주변에는 이미 잘려나간 많은 가지가 널브러져 있었다. 바스락거리는 소리와 함께 잔가지들은 쉴 새 없이 땅 위로 부딪혀 댔다. 마침 옆을 같이 지나가던 어린아이가 엄마 손을 꼬옥 붙잡고 말했다.

"엄마, 나무도 머리를 자르네?"

아이 눈엔 저게 머리카락을 자르는 것처럼 보였나 보다. 그 말을 듣고, 나도 가지가 달린 부분들을 유심히 올려다보았다. 공무원분께서 이리저리 고개를 돌려 가며 가지들을 바라보시고는 손에 들려 있는 전지가위로 유연하게 잘라 내고 있었다. 그 모습은 마치 섬세한 동작으로 수목을 조각하는 한 명의 정원사 같았다.

'그러게. 질감 처리를 잘하시네.'

속으로 그렇게 생각하던 나는 조용히 킥킥거렸다. 가지치기는 보통 과수원에서나 많이 하는 걸로 알고 있었는데 지금 동네에 살게 된 후 가로수도 가지를 자주 잘라 낸다는 걸 새롭게 알았다. 또 내가 사는 골목에 쭈욱 즐비한 나무들의 이름이 '양버즘나무'라는 것도 어느 날부터 알게 되었다. 요새 거리에서 가지를 치는 모습을 자주 보는 것 같다. 가지를 잘라 내는 데엔 미관의 이유도 있겠지만 나무의 건강 더 나아가 주민들의 안전도 포함되어 있을 거다.

한번은 양버즘나무의 가지가 길어지게 되면서 우리집 옥상에 걸쳐지던 적이 있었다. 그때가 하필 한여름이었던지라 그 안에서 서식하고 있는 모기들 때문에 한동안은 현관문을 열고 드

나들 때마다 골치 아픈 경우들을 빈번하게 맞이하곤
했다. 참다못해 구청에다 신고하니 얼마 있다가 가
지를 잘라 내고 가셨는데, 그제야 나는 비로소 편안
한 잠자리에 들 수 있었다. 가끔은 그런 식으로 잘라
내야만 편안해질 수 있는 것들이 있다고 생각했다.

가지와 가지 사이의 간격을 넓히게 되면 바람이
잘 통하고 햇빛도 잘 스며들어 병해충을 예방하는
효과가 있고, 그 덕분에 나무는 더욱더 품질 좋은 열
매를 맺을 수 있게 된다.
때에 따라선 일부러 튼튼한 가지를 잘라 주는 경
우도 있다. 다른 약한 줄기에 영양분이 골고루 갈 수
있도록 하기 위함인데, 그것은 나무 전체가 균형감
있게 자랄 수 있도록 해 주는 필수적인 과정인 것이
다. 이 과정들을 거치기가 결코 쉬운 일은 아니겠으
나, 그 힘듦에 한 걸음 내딛는 부지런한 행동이 결국
완고한 한 그루의 나무를 만들어 낸다. 그것은 가치
를 높이는 일이다. 그러니 미워하고 시기하는 것을
잘라 내고 남겨진 것들로 양분을 고르게 전달할 줄

아는 가치를 지닐 수 있도록 나를 설계해 나가야겠다. 당장의 이익과 욕심을 좇기보단 시야를 조금 더 멀리 내다보고 비울 줄 아는 습관을 들인다면 나에겐 더욱 좋은 과실이 내려지게 될 것이다. 그러한 삶의 태도가 가슴속 깊게 배길 바란다. 스스로 판단할 줄 아는 힘을 길러내야겠다. 세상을 바라보는 시선이 일차원을 넘어서 다차원적이었으면 좋겠다.

나도 조만간 수형에 맞는 형태로 가지치기해야겠다. 부지런한 삶 안에서 바람이 살결을 스쳐 지나가는 기분을 느낄 필요도 있고, 지금 이 순간보다 많은 꽃과 열매가 맺히는 걸 보고 싶다. 기대하는 걸 넘어 절원한다.

잘 지내자,
내일도

어제저녁 바깥에 널어놓았던 빨래를 걷으려 현관문을 나섰다. 문을 열어 보니 발밑에 큼지막한 낙엽 한 장이 놓여 있다. 가지에 매달려 있던 한 조각이 이 앞까지 추락했나 보다.

'이윽고 가을이 떠나갑니다. 가지는 비워 내는 데에 힘을 쏟고 있지만, 당신은 옷 한 벌이라도 더 껴입고 다녔으면 좋겠어요.'

나는 그 낙엽을 주워 들었다. 면적이 넓어서 여기에다 글씨를 쓸 수도 있겠다 싶었다. 문득 이게 한 장의 편지이길 바랐다. 발신 미상의 편지. 내 주변 지인이 아니더라도, 내게 이런 안부 연락을 해 주는 이들이 있다면 얼마나 고마울지 내심 상상해 보았다. 외로움을 많이 타서 그럴까. 혼자 지내는 게 익숙하긴 하지만, 결코 혼자가 좋아서 혼자인 건 아니다. 지금 내 처지로서는 그냥 버티고 있는 거다. 강직하게 살아가고자 노력하곤 있지만 가슴 한구석은 언제나 공허함이 함께 수반한다. 가끔은 혼자 있는 이 작은 방 안에서 울컥하기도 하고 축 처져 있는 날도 있다. 대개 그런 날은 홀로 조용히 보내는 하루 속에 있었다. 종일 입에서 단 한마디도 꺼내지 않던 날이 그랬고 단 한 번도 휴대폰 소리가 들리지 않던 날이 그랬다. 사람을 만나는 일은 언제나 즐겁지만, 헤어지고 난 뒤엔 언제 그랬냐는 듯 냉랭하게 비워진다. 그래서 섣불리 약속을 잡기 어렵다. 외출을 나서는 날이 생기면 집으로 되돌아오는 연습을 해야 하니까.

빨래 바구니를 들고 옥상으로 나왔다. 빨랫줄에 널려 있는 것들이 보인다. 긴소매 옷 네 벌과 긴 셔츠 세 벌, 그리고 긴바지 두 벌. 아직은 괜찮았지만 동절기에 들어서면 이보다 더 두꺼운 옷을 입어야 할 테지. 그래도 그동안 긴 옷 꽤 잘 챙겨입고 다녔네. 덥다고 한결같이 반소매 옷만 입고 다닐 줄 알았는데 말이야.

이번 겨울은 얼마나 추우려나. 겉옷이 옷장에 두어 벌 정도 있긴 하지만, 나중에 입기엔 다소 얇은 것들이니 상자에 담아 놓았던 겨울옷들을 미리 꺼내 놔야겠다. 옷 한 벌이라도 더 껴입고 다녔으면 좋겠다는 그 말. 비단 머릿속에서 떠올린 말이라 한들, 누군가는 내게 꼭 그렇게 말해 줬을 거라 믿어 의심치 않는다.

매일 행복할 순 없지만 그래도 이런 날이 있기에 사람이 얼마나 간절하고 소중한지 깨달을 수 있는 게 아닐까. 그러니 그 사실을 감사히 여기자. 동시에 행복한 사람들을 바라보며 나도 그들처럼 마음 편안하게 웃는 사람이 되고 싶은 소망도 함께 품어 보자. 오늘 하루는 어땠냐고 묻는 이들에게 덕분에 다정한 하루로 마무리한다고 말해 주자. 마지막까지 내 곁에 남는 이들은 몇이나 될까. 아마 그리 많진 않을 것이다. 주위 사람들의 안부가 궁금한 만큼 내 이야기를 그들에게 들려주고 싶다. 혼자만 삭혀 내는 것이 아닌, 온전히 털어 내고 비워 내며 새로운 내일을 살아가는 것. 나는 그렇게 당신들을 사랑하고,

덕분에 새로운 하루도 행복할 자신이 있다고 낙엽에 실어 보내

고 싶다.

두 번째 계절

발자국을 따라 나선 하루

동심의 의미

잔뜩 웅크리게 만드는 날씨가 이어지는 가운데, 집으로 돌아가는 버스 안에선 한참 데워진 난로의 온기가 나를 기분 좋게 감싸 주는 듯했다. 창가 자리에 멍하니 앉아 회색빛 하늘을 올려다보았다. 이윽고 미세한 무언가가 하나둘씩 고요히 흩날리더니 함박으로 쏟아져 내리기 시작했다. 그해 처음으로 마주한 설경의 모습, 첫눈이었다. 내 시선은 오로지 지면을 향해 내려오는 하얀 눈송이 하나에만 꽂혀 있었다. 나는 여전히 눈을 좋아하고 있는 걸까? 바라보기만 하는 데도 마음이 점점 동화(童化)되어 갔다.

순간 그 설레는 마음을 다른 이들에게 들키고 싶지 않아 이

내 고개를 돌렸지만, 가방 속에 들어 있던 카메라가 어느새 내 손바닥 위에 올려져 있었다. 벨을 누를까 말까. 생각은 선택의 갈림길 위에 놓인 채로 한참을 고뇌 중이었고, 요동치는 가슴을 억지로 진정시키려 하니 이번엔 다리가 떨렸다. 카메라에 담아 보는 첫 겨울이라서 그랬을까. 유난히 감정에 지배받는 기분을 느껴서 그런지, 나는 안절부절못하는 어린아이의 마음을 조금은 이해할 수 있었던 것 같다.

　생각보다 많은 눈이 내렸다. 도로 위에 정체된 차들은 주차라도 해 놓은 듯 나아갈 기미조차 보이질 않았다. 교통이 혼잡해지기 시작하면서부턴 거리 곳곳에 호루라기 소리가 분주하게 들려왔고, 경광봉을 흔드는 사람들의 어깨 위에 걸터앉은 눈송이들을 바라보았다. 제시간 안에 집으로 가긴 그른 것 같다며 작은 한숨을 내쉬었지만 이내 다시 평온한 마음으로 창밖 세상에 집중하였다.

　버스를 타고 집까지 50분인 거리를 1시간 40분 가까이 걸려서 도착했다. 중간엔 사진을 찍는 다른 한 친구로부터 연락이 왔었다. 눈을 카메라에 담으러 망원동 근처에 나왔으니 같이 걷지 않겠냐는 것이었다. 아쉽게도 정류장에 하차했을 무렵에

눈은 이미 소강하였고 일부는 벌써 녹아내리던 상태였다. 올해의 첫눈은 내게 강렬한 첫인상을 남겼지만 또 그렇게 빠른 속도로 잊히고 말았다. 그러나 첫눈이다. 이제 시작인 것이다. 설경을 바라볼 기회는 앞으로도 얼마든지 있을 테니, 지금을 크게 괘념하지 말자고 스스로 다독였다.

좋아하는 플레이리스트를 틀고 오늘 하루를 보내면서 느꼈던 감정들을 일기장에 적어 내려갔다. 보통 일기를 쓰면 길게는 3페이지 정도가 나오는 편인데, 오늘은 평소보다 할 말이 많았던 모양이다. 첫눈을 바라보았던 설렘과 아쉬움을 무려 5페이지가 넘는 분량으로 채워 넣었으니.

너무 긴가 싶어 서둘러 마무리를 짓고 책장을 덮었다. 이내 옥상 바깥으로 나와 거리를 내려다보았다. 빼곡하게 채워져 있는 주택가 사이에서 불이 켜진 곳은 우리집뿐이었다. 들려오는 소리라고는 차갑게 불어오는 바람이 귓가를 스치는 소리가 전부였고, 덕분에 감상에 젖어 들 수 있었던 그 시간을 애정했다. 그렇게 세상에 나 혼자 남겨진 듯한 그 분위기를 온전히 즐겼다.

자정이 되기 15분 전쯤부터 또 한 번 함박눈이 쏟아지기 시작했다. 하늘이 바람을 들어준 걸까. 아까보다 훨씬 많은 양의 눈이 쏟아지던 찰나였다. 나는 언제 그칠 지 모르는 이 순간을 아까처럼 놓치고 싶지 않아 카메라를 챙기고 서둘러 집 밖으로 나섰다. 거리는 순식간에 새하얀 눈으로 뒤덮이기 시작했고 눈앞의 시선은 온통 은빛으로 반짝였다.

망원동은 가정집이 주가 되는 동네이다 보니 자정이 가까워진 시간에는 차들도 사람도 잘 지나다니지 않는다. 그래서 마음이 더욱 들떴나 보다. 아무도 밟지 않은 은빛으로 가득한 이 길거리를 내 발자국으로만 가득 남겨 보고 싶었고 골목길 곳곳에 눈사람이나 눈오리를 만들어 둔다면, 다음 날 아침 어딘가로 향하던 누군가는 그것을 발견하고 기분 좋은 하루를 보낼 수 있지 않을까 하는 생각에 혼자 킥킥거리기도 했다.

문득 들은 생각인데, 동심(童心)과 동심(冬心)이라는 서로 다른 뜻을 지닌 이 단어들을 동의적 표현으로 연결해 볼 수도 있지 않을까. 겨울의 마음은 곧 아이의 마음과도 같다고. 그러니 동심(飍心)이라고. 그런 사사로운 생각을 끌어안은 채, 뽀드득거리는 소리를 내며 걸음을 옮겼다. 펑펑 쏟아지던 눈은 얼마 지나지 않아 금세 잠잠해졌다.

눈이 내리고 나서야 비로소 겨울임을 실감한다. 세상이 얼어붙고 손도 발도 시린 한파를 한동안 견뎌내야겠지만, 마음만큼은 그 어느 때보다 따뜻하고 순수함이 깃들 수 있는 계절이 될 것이라 믿어 본다.

가로등에서 뿜어져 나오는 불빛은 쥐 죽은 듯 고요한 이 좁은 골목에 온기를 더해 주고 있다. 오늘따라 땅 위를 유독 다정하게 비춰 준다.

겉으로 보이는

내 모습 그대로

존중받고 싶다.

자연스럽게 묻어나는

나의 색깔이 좋다.

머뭇거림

저물어 가기 바빴던 가을도 입동에 들어
서면서부터 조금씩 누그러드는 게 보였다. 아침저녁으로 불어
오는 차가운 바람이 집안에 드나드는 때마다 지나간 봄과 여름
을 추억했다. 참 따뜻하고 무더웠는데 이제는 사사로웠던 그
당시의 순간들이 아득해져만 간다. 이렇게 또 한해가 지워져
가는구나. 그런 서글픈 마음으로 이 가을도 보내 줘야겠다고
생각했다. 그렇게 바스락거리던 거리의 낙엽들도 조만간 지워
지게 된다면 크게 한숨 한 번 내뱉어야겠다. 떠난다는 말에는
언제나 가슴이 저릿하다. 이별을 대하는 자세는 언제나 뒤숭숭
할 뿐이다.

과묵하지만
편안한 사람이고 싶어요

"정영 씨는 어떤 사람이에요?"

사람을 알고 싶어서 다가서는 마음들이 있다. 무던한 삶을
살아가는 사람에게 호기심을 가져 주다니 참 고마운 일이다.
어떤 사람? 나는 어떤 사람이지? 어떤 삶을 살아왔지? 다양한
생각들이 순간적으로 스쳐 지나간다. 그렇지만 과연 알고 싶어
하는 그 깊이가 어느 정도일까. 이런저런 고민을 이어 나갔던
때가 종종 있었다.

"저는 편안한 걸 좋아하는 사람이에요."

편안함. 그래, 나는 편안함이 좋다. 나는 그 단어를 좋아하는 사람이라는 대답과 함께 언제나 멋쩍은 웃음으로 간결히 마무리한다. 그 말을 끝으로 부연 설명은 더 이상 하지 않았다. 회피하는 게 아니라 이 이상 어떻게 대답하면 좋을지 몰라서 그래 온 것 같다.

평상시에도 말수가 적어 말을 많이 아낀다. 말 한마디도 생각을 거쳐 내야지 뱉을 수 있다. 그래서 나는 주관을 이야기하기보단 들어주는 쪽에 속한다. 그러다 보면 속내를 알 수 없다는 이야기를 주위에서 듣게 될 수밖에 없었다. 타인에게 사적인 이야기를 잘 꺼내지 않는 편이라서 그런지, 누구에게나 사무적인 태도로 대한다는 느낌을 받는다고 했다. 그렇게 나는 어려운 사람, 다가가지 않는 사람, 비밀이 많은 사람, 제 잘난 맛에 사는 사람이란 수식어가 붙여졌다. 가슴속에 파도가 크게 휘몰아치듯 했다. 이윽고 포말로 부서지고 튀어 오르는 물거품의 파편처럼, 마음도 덩달아 으스러지면서 한동안은 제 할 일도 제대로 해내지 못하는, 그런 시간을 흘려보내기도 했었다.

나누고 싶은 대화의 주제가 명백하지만, 그걸 풀어서 말하기란 늘 쉽지 않았다. 세상을 살아가는 이야기. 그 안에서 나는

'오늘을 살아 내는 모습'과 '내일을 바라보는 태도'가 어떠한가를 중요하게 여긴다. 어제에 관한 이야기보다, 현재와 미래를 약속하고 나아가는 것에 더 관심이 있다. 그래서 처음 만나는 상대에겐 어떻게 살아가고 있는지를 먼저 물어보곤 하는 것 같다. 조금 독특한 면이 있다. 그렇지만 그 안에서 상대에게 배울 수 있는 점은 흡수하고 미흡한 점은 전해 주는 성장의 관계로 발전하곤 한다.

어려운 사람이란 건 스스로도 인정했다. 나도 나를 잘 모른다. 어제의 나와 오늘의 나, 그리고 내일의 나 모두 다른 마음을 품은 채로 그날을 살아간다. 마음이란 흘러가는 구름과도 같다. 마음도 구름도 매 순간 일정한 형태를 지니지 않은 채로 시시각각 변화해 나간다. 그럼에도 불구하고 본질적으로 구름이라는 사실엔 변함이 없다. 마음이라는 것 또한 그렇다. 나는 편안함을 좋아하는 사람이다. 때때마다 기분이 천차만별일지라도, 언제나 편안함을 내비치는 사람이길 바라는 마음은 늘 변함이 없다. 구태여 설명하지 않아도 겉으로 보이는 내 모습 그대로 존중받고 싶다. 자연스럽게 묻어나는 나의 색깔이 좋다.

'어떤 사람이냐'는 질문에 앞으로도 '편안한 사람'이라고 답하려고 한다. 추상적인 말 한마디지만, 가장 꾸밈없는 말이라서 좋아한다. 입 밖으로 잘 꺼내지 않는 말은 하고 싶지 않아서가 아니라 할 줄 몰라서 그렇다. 본심 속에 또 다른 본심이 깊은 곳에 침잠되어 있지만, 영원은 절대 아니다. 기다리다 보면 저절로 튀어나온다. 나를 편안한 마음으로 여겨 주는 사람에겐 정말 말도 안 되는 타이밍에 나의 심해를 꺼내어 보이기도 한다.

아름

두 팔을 둥글게 모아 만든 둘레 안에 들 만한 분량을 세는 단위를 '아름'이라고 한다. 그래서 나는 살아 숨쉬고 있는 동안 내가 사랑해 왔던 날들을 양팔 가득 벌려 한 아름씩 안아 주기로 했다. 소리 없이 묻히기도 하고 흔적 없이 흘러가기도 하는 인후한 삶이라지만, 그 안에서 '아름답다'라는 말이 입에 밸지도 모른다.

유예 기간

물건을 구매하기 위해 할애하는 시간은 언제나 즐겁다. 검색으로 시작해서 장바구니에 담고 결제하기 버튼을 누르는 과정을 거쳐, 드디어 집 앞까지 배달 온 상자를 개봉하고 살펴보기까지 온통 설렘으로 가득하다. 꼭 필요로 하는 물건이 아니더라도 최근에 관심이 가거나 요즘 인기 있는 상품들을 검색해 가며 가볍게 훑어보는 것도 좋아한다. 내가 이걸 갖고 있다면 어떨까 하는 소소한 상상을 통해 느껴지는 만족감은 자그마한 행복으로까지 이어진다.

요즘은 가정에서 사용할 수 있는 전기난로를 찾아보고 있다. 보일러를 틀자니 집이 옥상인지라 외부 공기에 취약해서 잘 데워지지 않는다는 단점이 있다. (반대로 여름에는 에어컨을 켜도 시원해지지 않는다.) 그리고 유별나게 혹독한 날씨에는 이게 집안인지 바깥인지 분간이 안 될 정도로 심하게 추운 경우도 있다. 그러다 보니 방에 난로를 두고 잠자리에 들기 전까지 사용하면서 지내면 어떨까 싶은 생각이 자연스럽게 커져만 갔다.

일주일간 고민의 시간을 거친 뒤, 다시 쇼핑몰에 들어갔다. 평소 자투리 시간에 물건을 구경하는 용도로만 사용해 왔다면 이번에는 구매할 목적으로 세세하게 뒤적거렸다. 가볍게 훑어보던 이전 때와는 달리, 물건을 구매하고자 마음먹었을 때는 그 과정이 마냥 가볍지만은 않다. 하나하나 비교해 가며 보다 합리적인 소비를 위한 시간을 반드시 거쳐야만 한다. 나는 소비에 충동적인 면이 있어서, 사고 싶은 물건이 있더라도 각 상품에 적힌 평점을 낮은 순으로부터 확인해 보는 습관을 들였다. 평가란에 적힌 소비자들의 냉정한 말 몇 마디는 다시금 평정심을 되찾을 수 있는 좋은 방법이었다. 그 덕분에 홧김에 결제해 버릴까 하는 순간의 마음을 잠시 보류할 수 있었다.

생각해 둔 가격대 내에서의 난로들은 다양하게 있었다. 마음에 드는 디자인도 몇 가지 있었다. 그러나 이번에도 예외는 없었다. 그중에서도 따져 봐야 할 항목들이 뭐가 있을지 메모지를 꺼내 간단히 적어 봤다.

- 크기가 작고 보관이 간편해야 함
- 내구성이 좋아야 함
- 전력 소모가 적어야 함
- 소음이 적어야 함
- 안전해야 함

그렇게 총 3개의 난로를 추려 냈고, 거기서도 하나하나 영상들을 찾아 보고 후기들을 따져 봤다. 그렇게 상대적으로 괜찮은 마지막 하나를 남겨 놓았다. 이제는 결제창으로 넘어가기만 하면 된다.

'근데 대략 두 달가량 사용하고 나면 보관해야 하잖아?'

모든 결정을 내렸음에도 불구하고, 문득 떠오른 그 생각이 구매를 망설이게 했다. 신중함인지 미련함인지 모를 지나친 생각이 담대함을 되려 밀어낸 채 머릿속을 크게 휘젓고 말았다.

'구매하는 게 맞을까? 두 달을 어떻게든 견뎌 낼 방법은 없을까? 집에서 옷 한두 겹 정도 더 입고 있으면 괜찮을지도 모르겠는데...'

이게 정말로 필요해서 그런 걸까. 여태까지 난로 없이도 잘 지내왔는데 더 견딜 수 있지 않을까. 원하는지 아닌지는 시간이 지나면서 점차 확고해진다. 그러니 우선 견뎌 보기로 했다. 당장은 안타깝지만, 장바구니에 담아 둔 채 좀 더 시간을 지켜봐야 할 것 같다. 그러다가 '아, 도저히 안 되겠다' 싶은 생각이 들면 그때는 꼭 결제하자고 마음먹었다.

이렇게 유예하는 것이 또 한 가지 늘었다.

살아가는 일은 생각에 생각을 거쳐 또 한 번 더 생각해야 하는 것이라고 믿어 왔다. 차분하고 신중해지고 싶은 마음에 들이려던 습관인 걸지도 모르겠다. 그래서 고작 물건 따위를 구매하는 등의 작은 일에도 일부러 고집을 부렸던 게 아닐까. 물

론 상황에 따라서 전혀 달라지기도 한다. 집안에 나 이외에 함께 사는 사람이 있었다면 어땠을까. 아마 그 사람으로부터 난로가 필요하다는 이야기가 나왔 다면 나는 한 치의 망설임도 없이 결제하기 버튼을 눌렀을 거고, 더 필요한 건 없는지 물어봤을 거다. 언제나 그래 왔다. 나보다는 상대방의 의견을 우선 시한다. 그러나 지금은 혼자다. 어쩌다 한 번씩 인색 해지곤 하는 독단적인 결정 앞에서 고민만 늘어놓고 있다.

나의 감성에 따른 무분별한 선택으로 인해 관계를 잃는 결과를 초래하게 되면서부터였을까. 나 자신만 을 믿고 나아가던 과정 중에 다른 누군가가 상처를 입었다. 그 후부턴 선택에 앞서서 과연 이게 맞을까 라는 생각을 가장 먼저 하곤 한다. 살아가는 건 애초 부터 이성에 가까운 영역인 걸까. 그렇다고 그 모든 이성적인 판단이 정답은 아니다. 내가 확신이라고 믿어 왔던 것들도, 대체로 감성에 의해 형성되어 온 것임을 깨달았다. 그러면서 행동은 더 조심스러워질 수밖에 없었다.

이성과 감성 중에 내가 더 아끼는 성향은 어느 쪽일까. 잘 모르겠다. 이러나저러나 정답은 그 어디에서도 찾아볼 수 없다. 결정을 내리지 못하고 검토하는 단계에 놓인 것들이 쌓여만 간다. 물건도 관계도 선택을 유예하는 시간은 세상이 얼어붙어 있는 동안 계속 이어진다.

내일

그날 밤은 가랑눈이 내리고 있었다. 가지에서부터 멀어지며 흩날리던 그 작은 눈송이가 내 뺨에 닿자 곧바로 녹아 흘러내렸다. 눈송이는 여전히 차가웠지만, 계절의 끝과 시작이 공존한 터라 추위는 많이 사그라들었음을 느꼈다. 어쩌면 그때 바라본 눈이 이번 겨울의 마지막 눈일 수도 있겠지 싶었다.

거리를 오가는 사람들의 비중이 이전보단 많아졌다는 걸 체감한다. 칼바람이 매섭게 불어 대던 날들 속의 고통스러운 감촉도 이제는 적당히 무뎌졌다. 겨울이 지나간다. 머지않아 꽃이 개화하겠고, 거리에는 봄의 생기를 잔뜩 머금은 새 생명이 피어오를 것 같다. 나는 또 어떤 새로운 마음을 품어 보게 될까. 겨울을 가장 아끼는 만큼 보내 주는 데에도 아쉬움이 크지만, 새롭게 할 일을 찾아 나서기 위해선 또 한 번의 계절을 맞이하는 게 옳은 거라 여기기로 했다.

나는 그래도 머물러 있기보다 나아가는 방식을 좋아해 왔다. 배움을 토대로 살아가는 삶은 늘 내게 원동이었으니, 앞으로도 언제든지 그러한 삶을 추구하고자 노력하려 한다. 항상 새해가 밝으면 친구들과 올해도 열심히 해 보자는 말을 해 오곤 했다. 아마 이번에도 그럴 거다. 모두가 한때와 같이 가까운 거리에서 지낼 수 있는 건 아니지만, 언제라도 찾아가면 반갑게 맞이해 줄 수 있을 정도로 유대가 돈독한 사람들이 주변에 있다. 그러니 나는 앞으로 얼마든지 내 할 일에 묵묵히 집중해 나갈 수 있다는 믿음을 지니고 새롭게 주어지는 사계를 또다시 용기 있게 관통해 나갈 것이다.

누군가 내게 무엇에서 위로를 얻느냐고 묻는다면, 나는 사람에게서 얻는다고 대답하려 한다. 사람은 결국 사람을 통해 위안을 얻는다. 사랑하고 사랑받는 그 모든 과정을 통해 우리는 내일을 기대할 수 있는 게 아닐까. 나는 절대로 혼자서 살아

가지 못하지만, 그 생각이 앞으로도 변함없으면 좋겠다. 생을 다할 때까지 누군가와 함께 살아갈 수 있기를 바란다. 내가 가장 좋아하는 《내가 죽으면 장례식에 누가 와줄까(김상현, 필름, 2020)》에는 이런 구절이 있다.

'사람'을 발음하면 입술이 닫힌다. '사랑'을 발음하면 입술이 열린다. 사람은 사랑으로 여는 것이다.

삶이란 사랑하는 마음으로 사람과 사람을 이어 가며 살아가는 걸 말하는 게 아닐까. 밑줄이 짙게 그어진 그 문장은 언제 들여다봐도 가슴이 떨린다. 가슴 떨리는 삶을 살아가고 싶다. 누군가의 가슴을 떨 수 있게 만드는 사람이고 싶다. 그 떨림이 사랑으로 발전되었으면 좋겠다. 사랑하는 이들이 내일을 숨 쉴 수 있도록, 사계를 관통할 수 있도록 작은 용기와 힘이 담긴 이야기들을 매일 들려주고 싶다.

누군가 내게

무엇에서 위로를 얻느냐고 묻는다면,

나는 사람에게서 얻는다고 대답하려 한다.

사람은 결국 사람을 통해 위안을 얻는다.

사랑하고 사랑받는 그 모든 과정을 통해

우리는 내일을 기대할 수 있는 게 아닐까.

한 줄의 메시지

　　　　　　호사유피 인사유명(虎死留皮 人死留名)이라
고, 호랑이는 죽어 가죽을 남기고 사람은 죽어 이름을 남긴다
는데, 나는 최근에 돌아가신 우리 큰아버지의 이름이 잘 기억
나지 않는다. 내게 남겨진 거라곤 내 메시지 속 '그래, 건강하게
지내라'라는 짧은 한 문장이 전부였다. 그것만이 큰아버지께서
내게 남긴 유일한 흔적이었다.

　그것은 내가 군 복무 시절 휴가 복귀를 하기 전, 예의상 전해
드린 안부 인사에 대한 답장이었다. 지금으로부터 5년 전의 것
이다. 돌아가시기 전까지 그 문자 하나 이후로 더 이상의 사적
인 연락은 일절 없었다.

사실 그렇게 좋은 시선으로 바라보았던 분이 아니었기도 했고, 큰아버지에 대한 나의 별다른 애정이 없어서이기도 한 것 같다. 때마다 우리 가정을 흔들어 댔고, 그것 때문에 우리 식구가 힘들어하던 것을 내 눈으로 종종 봐 왔으니까. 그러니 좋은 시선으로 바라볼 수 있을 리가 없다.

내가 나고 자라 온 대전을 좋아하지만, 한편으론 그곳에서 마주치고 싶지 않은 이들 때문에 자주 가진 않았다. 그 요인 중 한 명이 우리 큰아버지였다. 언제였나 한동안 보지 못한 그리운 얼굴들과 인사를 하러 대전을 내려갔다. 아빠한테선 전화가 잘 오지 않는데 그날엔 먼저 전화가 왔다.

"너희 큰아빠 우리집에 오셨으니까, 집에 와서 인사드려라."

기분 좋게 내려왔는데 그 한마디에 마음이 확 상해버렸다. 한 번은 그게 너무 싫어서 그날 보기로 약속했던 사람들과 시간을 보내고 곧장 다시 서울로 올라가는 기차표를 끊고 올라왔던 적도 있다. 생각해 보니 그 정도로 싫어하던 사람이었던 것 같다.

어느 날 오전 엄마한테서 전화가 왔다. 평소처럼 안부를 묻

겠거니 했지만, 그건 큰아버지의 부고 소식을 전하는 연락이었다. 순간 조금 당황스러웠다. 앞으로 없는 사람이라고 생각하니 마음이 소용돌이치는 것만 같았다. 미워하는 사람인데 죽음 앞에선 숙연해질 수밖에 없는 건가. 사람이 사람을 끝까지 미워할 수는 없는 건가. 그렇다면 내가 지금 미워하고 나를 미워하는 이들을 끝까지 개의치 않아도 되는 건지도 모르겠다. 언젠간 다 사라지고 말 테니 말이다. 놓여 있는 상황들에 걱정하고 주눅 들어가며 지낼 필요가 있나. 조금 멀리 내다보면 지금 느껴지는 그런 감정도 다 한때가 되고 사그라들 텐데. 그저 덧없을 뿐이라고 생각했다.

해가 저물고 짙은 밤공기의 냄새가 피어날 무렵이 되어서야 장례식장에 도착했다. 할머니가 돌아가셨을 당시에는 다른 빈소에서부터 복도로 흘러나오던 곡소리가 가슴을 후벼파는 기분이었는데 이번엔 그러지 않았다. 나는 되게 차가운 사람이구나 싶을 정도로 냉정하고 덤덤했다. 나는 여전히 이 사람이 싫다. 딱 그 생각뿐이었다.

전광판을 올려다봤다. 전광판 속 다른 분들에 비해 큰아버지는 너무나도 젊었다. '일찍이도 가셨네' 생각하며 큰아버지를 모신 빈소로 들어갔다. 신발장 앞에 들어서니 건너편에 앉아계시던 엄마, 아빠 그리고 큰엄마가 보였다. 고개 숙여 인사를 드린 뒤, 큰아버지의 영정사진을 바라보았다. 벽에 기대고 사진만 멍하니 바라보던 사촌 형은 뒤로한 채, 그 앞에 다가가 큰절을 올려 드렸다. 사람이 죽는다는 건 슬픈 일이지. 단지 뭐라 할 말이 없어서 누구와도 대화하지 않았다.

자리에 앉아 늦은 저녁을 먹었다. 다른 곳에 비해 고요한 흐름이 느껴지던 자리. 허전하다. 와 주는 사람이 이리도 없어서 되겠나 싶은 생각이 들었다.

당신은 알까, 내가 당신을 얼마나 미워하고 싫어했는지. 아마 다시 살아 돌아온다 해도 '오셨어요, 편히 쉬다 가세요'라는 미적지근한 말 따위만 건네드리고 말거라 생각한다. 그럼에도 당신은 좋아하겠지. 그 어리던 꼬마애가 이렇게 컸냐면서 말이다. 이제는 그런 말씀조차 드릴 수도, 들을 수도 없다. 평생을 미워할 줄만 알았던 사람이 이제는 없다. 미워하는 대상을 줄여나가고 싶은 마음이 있었지만, 이런 식으로 줄이게 되어 그저 허망하다. 식장에 머무는 동안에 그 어떠한 생각도 들지 않았다.

큰아버지가 세상을 떠나면서 우리 식구는 큰 갈등 하나를 해소할 수 있었다. 좋게 생각해야 하는 건지 나쁘게 생각해야 하는 건지 도저히 모르겠다.

큰집 식구들과의 인연은 이제 끊어지고 없다. 그리고 이번 일을 계기로 아빠는 산소를 모두 없애기로 하셨다. 나는 아빠를 따라서 산소를 찾아가 마지막 제사를 지내고 돌아왔다. 우리는 이제 명절마다 어딘가로 떠나지 않게 되었다. 그래, 차라리 잘됐다. 나중엔 때마다 부모님 여행이라도 보내 드려야겠다. 이제는 나도 자리를 잡고 이만 쉬게 해 드려야지.

큰아버지 사진을 보면서 혹여나 우리 부모님도 때아닌 시기에 돌연 떠나가시진 않을까 하는 두려운 마음이 지레 겁먹게 했다. 내게 주어진 시간은 생각보다 많지 않다는 걸 명심하고 살게 됐다. 나는 큰아버지의 메시지를 열어 보았다. 내게 전해 준 큰아버지의 마지막 말은 늘 건강히 잘 지내라던 5년 전의 메시지에 머무르고 있다.

'그래, 건강하게 지내라.'

그래요, 나는 언제나 건강하게 잘 지낼 거고, 이겨낼 거고, 당신이 남겨 놓고 간 웃음의 횟수까지도 남겨진 이들과 채워 나갈 겁니다. 당신을 미워했지만 나 그래도 그 웃음 조금은 빌려 갈게요. 타인의 행복을 책임질 수는 없어도 나의 존재가 그들을 걱정시켜선 안 될 테니까. 그러니 나는 잘 살아가겠습니다. 어리기만 하던 꼬마가 어떻게 어른이 되고 어떤 삶을 살아가려 노력하는지 일관된 태도로 보이겠습니다. 그러니 부디, 당신도 이제는 오래오래 평안하시길 바랍니다.

바래진 기억

책을 읽다 발견한 '포기'라는 단어를 꽤 오랜 시간 바라보고 있었다. 나는 옆에 놓인 펜 하나를 쥐고 그 단어 밑에 미련이란 글자를 작게 적어 놓았다. 한때는 그 두 단어를 가장 두려워했다. 포기하는 게 마냥 쉬운 선택은 아니었고, 포기한 후엔 미련의 감정이 밀려올까 봐 무서웠다. 그 정도로 간절함을 지니던 꿈이 있었는데, 그랬던 꿈조차도 언제 그랬냐는 듯 이제는 먼지 쌓인 정물 정도로만 남겨진 듯하다.

문득 그 무렵을 함께해 온 사람들의 모습이 머릿속을 스쳐 지나갔다. 불투명하지만 그 사람들의 표정과 말투, 작은 행동들 하나하나가 느릿하게 재생되고 있었다. 기억이 흐려졌대도 인연은 여전히 그리운가 보다.

다들 뭐하면서 살고 있으려나. 바라건대 지금도 잘 지내고 있다면 좋겠다. 함께 했던 장소나 함께 먹은 음식 이외에도 단어 따위 같은 요소에 의해 툭 하고 튀어나오다니. 종종 이렇게라도 어렴풋이 떠올릴 수 있으면 좋겠다. 내가 포기한 일이 결코 쉬운 결정이 아니었으면 좋겠다.

그래도 '뭔가를 열심히 하려고 하기는 했었네'라는 말과 함께, 나는 시원섭섭한 마음으로 그다음 페이지를 넘겼다.

작은 방 속
작은 방

며칠 전 옥상에 택배 하나가 도착했다는 문자를 받았다. 퇴근을 하고 집에 돌아와서 발견한 커다란 상자. 날씨가 매서워서 주머니에 꼭 집어넣은 손을 꺼내 상자를 들고 방 안으로 들어왔다. 상자를 열어 내용물을 확인해 보니 그 안에는 겨울철에 사용하기 좋은 따수미 텐트가 들어 있었다.

한겨울에 보일러를 매일 같이 틀자니 가스요금이 과도하게 나오는 바람에, 다음 달은 좀 줄여야겠다는 생각으로 조금 춥게 자곤 했다. 전기매트 덕분에 그나마 긴 밤을 견딜 수 있었지만, 냉기로 가득한 방에서 지내기란 결코 쉬운 일은 아니었다. 그러던 와중에 소중한 사람으로부터 겨울용품을 선물로 받은 것이다.

　이 텐트를 침대 위에 씌워야겠다. 외부의 차가운 공기는 막아 주고, 전기매트의 열기는 텐트 속을 가득 메워 둘 수 있겠지. 아, 숙면이 이전보다 달콤하겠다. 그런 생기 있는 설렘으로 텐트를 조립했다. 텐트의 천이 방바닥을 온통 뒤덮었다. 우리 집 겨울이는 뭐가 그렇게 신기했는지, 텐트 냄새를 킁킁 맡고 발로 툭툭 치고는 그새 흥미를 잃고는 다시 등을 돌린 채 거실로 향했다. 혹시라도 천 위에 앉거나 드러눕는 악동 같은 역할을 하는 건 아닐까 했지만, 다행히 자리를 비켜 준 덕분에 혼자 수월하게 조립해 나갈 수 있었다.

　천에 난 구멍 사이에 봉을 끼우고 들어 올리니 제법 텐트다운 모양새가 나왔다. 침대에 딱 들어맞는 사이즈라 마음은 더욱 뿌듯했다. 아, 이제 따뜻하게 잘 수 있다. 보일러를 끄고 전기매트를 켠 뒤 텐트 안으로 들어왔다. 당장은 냉랭한 기운이 가득해서 몸을 잔뜩 웅크리고 있었지만, 이내 곧 온기가 서서히 올라오더니 침대맡은 이전보다 포근한 기류가 감돌기 시작했다.

　겨울이도 이윽고 침대 위로 올라와 자리를 잡고 옆으로 드러누웠다. 그러고는 골골거리며 지그시 눈을 감고는 이내 금방 잠들었다. 확실히 이 위가 따뜻하긴 한가 보다. 따뜻해서 좋은 것도 있지만, 나는 우리가 같이 이 온기를 누릴 수 있다는 게 기뻤다.

집이라는 나만의 공간 안에서 텐트라는 또 하나의 공간을 만들어 냈다. 열기가 바깥으로 빠져나가지 않고 공기 중에 맴돌기 시작했다. 우리는 서서히 포근함에 취해 갔다. 몸도 마음도 매서웠던 오늘 하루가 조금씩 잊히는 것 같았다. 내일도 오늘만큼 혹독한 하루가 되겠지만, 다시 이 시간이 다가왔을 때 지금처럼 온기가 마음 깊이 스며들기를 바랐다. 그다음 날의 추위도 또 그다음 날의 추위도 충분히 견딜 수 있게끔.

겨울에 맺어진 묘연

눈이 소복하게 쌓인 주말이었다. 그날은 장갑이랑 귀마개가 없인 5분도 채 견디기 힘들 정도로 추위가 매섭던 날씨였다. 특별히 카메라와 함께 산책 다닐 계획이 없는 날에는 집 근처 카페에서 책을 읽거나 글 몇 줄을 끄적이곤 했다. 딱히 정해 둔 카페만을 찾아가는 건 아니고 여기저기 걷다가 두 눈에 발견되는 곳이 있으면 그쪽으로 발걸음을 내딛는 식이었다.

여느 때랑 다를 거 없이 오늘도 책과 공책 한 권씩을 챙기고 밖으로 나왔다. 이번엔 어디를 향해 걸어가고 있었을까. 어느 순간 나는 한 주택가 골목으로 들어가는 입구까지 와 있었다.

그런데 거기서 뜻밖의 광경을 보게 되었다. 웬 고양이 한 마리가 사람 발길이 잦은 인도 앞까지 나오더니 그 자리에 앉은 채로 지나다니는 사람들을 구경하고 있는 게 아니겠나.

심장이 움찔했다. 한껏 호기심으로 부푼 그 마음에 이끌려 발걸음을 그 아이가 앉아 있는 곳으로 향해 옮겼다. 내 입꼬리는 점점 올라가고 있었고, 혹시나 다다르기 전에 먼저 떠나 버리면 어쩌지 싶은 조마조마한 마음도 들었다. 그러나 우려와는 달리, 이 아이는 자기한테 다가오던 나를 슬쩍 바라보고선 이내 무시한 채 다시 제 할 일을 이어 나갔다. 신기했다. 곧이어 나는 녀석의 발 앞까지 다다랐고 장갑이 끼워진 손을 머리맡으로 내밀었다. 그 자그마하던 얼굴은 내 손을 마구 비비적거리기 바빴다. 경계심이라곤 아예 찾아볼 수 없는 녀석이었다. 그러다 갑자기 녀석이 벌떡 일어나더니 자길 따라오라는 듯 골목 안쪽으로 나를 인도하기 시작했다. 그곳에선 자기가 거주하는 작은 집과 주택 건물 입구마다 놓인 사료통들이 한눈에 보였다.

"너 꽤 사랑받는 녀석인가 보다?"

나는 이 아이에게 나지막이 중얼거리며 다시 한번 녀석의 머리를 쓰다듬어 줬다. 눈을 지그시 감은 채 내 손길을 느끼던 이 작은 생명체가 참 예쁘다. 고양이와 이렇게까지 교감을 나눠 본 적이 없기에 이 상황이 마냥 신기하면서도 당황스러웠다.

"얘가 참 불쌍해요. 요 앞집 사람이 고양이 키우던 사람이었 거든. 얼마 전에 다른 곳으로 이사 갔는데, 요게 그때부터 이 골목에 자주 어슬렁거려요. 아무래도 그 사람이 버리고 간 거 같아."

때마침 건물 밖으로 나오시던 한 아주머니께서 나를 보더니 그러셨다. 아이의 이름이 '겨울'이라고 했다. 한겨울 어디선가 혜성처럼 등장하여 붙여진 거라고. 사연이 딱했다. 어쩐지 길 에서 자란 아이가 사람을 일말의 경계심도 없이 잘 따라올 리가 없을 텐데 말이다. 이곳 주민분들이 보기에도 안쓰러웠는지 이 토록 추운 겨울을 조금이나마 따뜻하게 지낼 수 있길 바라면서 집을 만들어 주고, 주린 배를 채울 수 있도록 곳곳의 주택 현관 입구마다 사료와 사료 그릇을 비치해 두셨던 건가 보다. 참 다 정한 주민분들이다. 어쩌면 난 이때부터 망원동이라는 작은 동 네에 정감을 느끼기 시작했는지도 모르겠다.

그날 이후부터 나는 겨울이의 지난 하루들이 궁금해졌다. 어제 하루 밥은 잘 먹었는지, 마실 물은 어디서 구하는지, 추위에 벌벌 떨어가며 고생하던 밤을 보냈던 건 아닌지 시시각각 걱정했다. 그러다 보니 점심을 먹은 직후마다 겨울이의 안부를 물으러 가는 일이 내 하루 속 또 하나의 일과가 되었다. 날마다 겨울이 집 안에 넣어 줄 핫팩 한 개와 마실 물, 그리고 맞나게 먹는 간식거리를 들고 겨울이가 있는 골목으로 향했다. 겨울이 집 앞에서 "겨울아~" 하고 부르면, 기꺼이 집 밖으로 나와 나를 반겨 줬다. 혹시나 불러도 대답이 없을 땐, 동네 마실을 다녀오는 건가 싶어서 20분 정도 집 앞 울타리에 앉아 겨울이를 기다리곤 했다. 그러곤 어디선가 우렁차게 인사하면서 내 앞으로 다가오는 겨울이의 모습을 마주할 수 있었다.

만나고 헤어질 때마다 챙겨 온 핫팩을 뜯어서 집 안에 넣어 주고 돌아왔다. 그러고 다음 날 다시 찾아가서 식은 핫팩은 회수하고 또 새 걸로 갈아 주는데, 꺼낼 때마다 느껴지는 차갑고 딱딱한 촉감은 어째 단 하루도 적응되질 않았다. 항상 발랄한 모습을 보이는 겨울이에게 나는 매번 속상한 마음으로 되돌려 받았다.

가끔은 마트에 들러 겨울이랑 놀 만한 귀여운 장난감들을 사

오곤 했다. 그런 물품들이 한곳에 진열되어 있는 모습을 보면 '겨울이는 이 중에서 뭘 좋아할까'라며 내심 즐거운 고민을 하기도 했었다. 낚싯대로 놀아 주기도 또 비눗방울을 불어 주기도 했고, 가끔은 왕관을 씌워 주기도 리본이 달린 머리핀을 달아 주던 날도 있었다. 주민분들께서 내가 그러했던 사실을 알았을까. 어떻게 보면 이상한 사람이라고 생각하셨을지도 모르겠다. 그래도 나는 아랑곳하지 않고 매일 짧은 시간 동안 이 아이와 함께 보내는 나날을 즐겼다.

그렇게 함께 길에서 어울린 지 두 달이 지났다. 한 주민분이 내게 다가오시더니, 더 이상 겨울이를 돌보지 않겠다고 말씀하셨다. 밤마다 시끄럽게 우는 것도 그렇고, 여기저기 주민분들의 집 문을 두드리고 다닌다는 이야기를 들었다. 날씨가 추워서 그랬나 보다. 나는 무거운 마음을 짊어지고 집에 돌아오자마자 생각에 잠겼다. 내가 만약 겨울이를 데려오게 된다면 어떨까. 나 하나 가누는 것도 버거운데 내가 이 아이를 과연 끝까지 책임질 수 있을까. 나와 함께 살면 이 아이가 만족해하며 행복을 느낄 수 있을까.

그날 잠들기 전, 침대에 누운 채로 그동안 겨울이와의 추억이 담긴 사진과 동영상들을 쭉 훑어보았다. 휴대폰 앨범에는 3,000장 정도의 사진들이 있었고, 동영상 370개가 기록되어 있었다. 하나씩 넘겨보다 보니, 나도 모르게 눈물이 뺨을 타고 흘러내렸고, 서열도 다른 고양이들보다 훨씬 뒤떨어지는 녀석이 이 골목에서마저 쫓겨나면 후엔 어떻게 살아가게 될지 상상이 되지 않아 두렵고 무서웠다. 그 순간 차라리 내가 데려와서 돌봐야겠단 마음을 먹게 되었다. 해 줄 수 있는 게 많이는 없을 테지만 말이다. 그렇게 차갑고 소란스럽던 바깥 생활을 마무리하고, 현재는 작고 안락한 공간에서 나 대신 집주인 노릇을 하고 있다.

겨울이를 집으로 데려온 지 이제 일 년 조금 지났다. 시간이 어느덧 이렇게 흘렀다. 용케 시린 겨울을 잘 버텨내 주고, 생명이 가득 차오르던 따사로운 봄을 함께 맞이했다. 뒤이어 찾아온 무더운 여름도, 시원한 가을도. 그리고 매해 우리를 기념할 겨울과 또다시 만나게 될 봄. 그런 삶의 여정을 함께 누릴 수 있어서 얼마나 기쁜지 모르겠다. 우연으로 만난 묘연이 운명이 될 줄 과연 누가 알았을까. 데려온 건 정말 잘한 일이었다.

겨울이는 늘 말썽꾸러기다. 가끔은 이빨로 읽고 있던 책에 구멍을 내기도 하고, 불만이 있을 때는 내 손과 발을 긁거나 물어 뜯기도 했다. 피가 흘러내릴 정도로 심하게 긁혀 흉터로 남게 되는 경우도 종종 있었지만, 그래도 나중엔 이 모든 게 추억으로 남겨질 거라 생각한다.

나는 이 흉터뿐만 아니라 집 안에서 발견되는 겨울이의 모든 흔적이 마음에 든다. 겨울이가 내 곁에 있었다는 증거이자, 내게 남겨 준 유일한 선물이니까. 나와 함께하는 동안은 항상 행복하고 평안할 수 있도록 앞으로도 부단히 노력해 나갈 거다. 나의 첫 고양이. 나와 묘연을 맺어 준 귀하고 소중한 녀석이니까 말이다.

뒤이어 찾아온 무더운 여름도,

시원한 가을도.

그리고 매해 우리를 기념할 겨울과

또다시 만나게 될 봄.

그런 삶의 여정을 함께 누릴 수 있어서

얼마나 기쁜지 모르겠다.

하얀 어둠

외로이 쌓여만 가던 눈송이에 슬허함이 부대끼던 날. 날이 선 곡조. 애달픈 마음. 모두 내려놓고 떠나는 다른 여정. 돌아오는 길은 없음.

심해 속의 표정

평소 물살이 잔잔하게 일렁이는 바다를 좋아하지만, 요즘은 줄곧 세차게 휘몰아치는 바다를 자주 상상하고 떠올리게 되었다. 뭐가 더 좋냐고 묻는다면 그때그때의 마음에 따라 달라진다고 대답할 것 같다. 둘 다 바다라서 크게 상관없지만, 그래도 꼭 골라야 한다면 마냥 편안한 때엔 물살이 잔잔한 바다를, 쉽게 일렁이곤 하는 때엔 물살이 강한 바다를 찾아갈 거라고.

안 그래도 며칟날 저녁부터 갑자기 바다가 보고 싶어졌다. 예나 지금이나 도심에서 지내고 있는 동안 머릿속이 바다로 가득 채워졌을 무렵엔 하릴없이 바다가 있는 곳으로 떠나곤 했다. 때마침 그 시기가 찾아왔나 보다. 어디로 떠나면 좋을까? 지도를 열자마자 시선이 동해안 쪽으로 갔다. 생각이 많은 시기라 그런 건 아니고, 이번에는 단순히 겨울 바다를 강한 파도 앞에서 보고 싶다는 이유에서였다.

강한 파도도 하나의 애틋한 기억으로 남겨졌으면 하는 생각이 뇌리를 스쳤다. 겨울에 찾아보는 바다가 처음이라서 그랬을까. 설레는 생각이 아스라해지기 전에 서둘러 몸을 옮겨 보기로 했다.

분기마다 바다를 찾아가고 있다. 의도해서 가는 건 아니었지만, 대체로 혼자 떠나는 여행은 늘 바다가 있는 곳이었다. 우리나라가 바다와 가까운 나라여서 다행이란 생각을 했다. 나는 바다를 좋아하는 걸까. 그럴지도 모르겠다. 서울을 떠난 뒤의 여생은 바다에서 보내고 싶다는 소망도 있다.

새벽에 강릉 바다를 찾았다. 눈이 언제 내렸었는지, 찾아 나선 해변의 모래 위로는 하얀 눈이 수북하게 뒤덮여 있었다. 뽀드득뽀드득 눈이 밟히는 소리가 귀를 즐겁게 했다. 한동안 눈밭 주위를 서성이다 이윽고 파도가 부서지는 자리 앞까지 다가

갔다. 주위에 아무도 없이 나만이 서 있는 바다. 새벽녘이 밝아 오기 전의 바다는 인적이 드물어서 좋았다. 청명한 하늘 아래 푸른빛을 띤 바다도 좋지만, 이것만큼 혼자만의 시간을 갖기 좋은 환경도 없다. 이곳을 거니는 사람의 발자국이 아직 내 것밖에 없다. 빛이라곤 내 휴대폰에서 비치는 조명이 전부인 시간. 나는 짙고 어두운 뭍에서 홀로 모래 위에 앉았다. 매섭게 불어오는 겨울바람과 모래사장, 그리고 그 아래로 힘차게 부서지는 파도에 귀를 기울이며 그 시간을 온전히 느껴 보았다.

처음으로 혼자서 바다를 찾아간 건 몇 년 전에 변산반도를 방문했을 때였다. 그때도 여느 때와 다를 바 없이 바다를 여행하고 싶다는 생각에 홀연히 움직였다.

내가 찾아간 곳은 바다인지 호수인지 모를 정도로 파도의 흐름이 수더분한 곳이었다. 맨발로 얕은 물살을 가로지를 때마다 곳곳의 온도가 현저히 다르다는 걸 느꼈다. 나는 그게 마치 여러 사람이 두고 간 마음의 흔적들 같았다. 한 걸음 한 걸음 내딛는 발걸음을 통해 사람들이 지닌 표정 속 무수한 감정을 읽어 보았다. 웃음으로 행복을 느끼는 사람이 있는가 하면 웃음으로 우울을 즐기는 사람도 있다. 힘든 일을 승화시키려 노력하는 사람도 있고, 참다못해 우는 사람도 있다. 걸음걸이 따위에 그런 희로애락의 감정들이 동시다발적으로 일어나서 잠시는 후유증 같은 부작용이 일기도 했지만, 그나마 그 정도가 수더분하니 괜찮다고, 감정의 폭을 넓히는 거니 곧 나아질 거라고 스스로를 다독이곤 했다. 결론적으로 그 바다는 처음으로 혼자 나선 바다이자, 내가 지금까지도 제일 애틋하게 여기는 바다가 되었다.

그러나 동해는 성격부터 사뭇 달랐다. 언제 덮칠지도 모르는 매서운 파도는 두려운 마음을 느끼게 해 주었다. 그러면서 내 모든 감정이 들쑤셔진 채로 동시에 떠올랐다. 아, 아직도 수면 위로 떠오르는 것들이 존재했구나. 단지 가라앉아 있던 것일 뿐이지 마냥 떠나갔던 것은 아니었다. 야단스럽기만 한 저 소리를 쉴 틈 없이 내지르는 바다의 속은 한없이 고요하고 잠잠할 텐데 어쩌면 사람의 마음도 이와 비슷하지 않을까. 쉽게 다가설 수 없는 파도를 헤쳐 나가면 이내 얼마나 많은 감정이 물속에 가라앉아 있다는 것을 알게 될까.

마음 들여다보기를 바다를 바라보는 것과 동일시하기로 했다. 수면 위로 드러난 모습이 있는가 하면, 여전히 심해 속에 자리 잡은 모습도 있다. 어쩌면 사람은 후자의 경우가 더 많을

지도 모른다. 말로서는 설명하기 힘든 감정들이 아직까지도 그 안에서 물결을 따라 고요히 일렁이고 있을 거다. 일부러 알아내려 하고 싶진 않지만, 단지 보여지는 것만으로 단정 짓는 어리석은 행동은 하지 않는 게 좋을 것 같다.

겨울 바다의 냉정한 분위기가 고스란히 묻어난다. 다시 봄이 오면 이곳이 따뜻하게 느껴질까. 아마 그렇겠지. 눈앞에 일렁이는 파도의 모양이 꽤 거칠다. 자세히 바라보면 그 모양이 단 한 번도 같을 수 없듯, 살아가는 것도 그럴 거다. 오늘을 살아 내는 마음과 내일을 살아갈 마음의 온도와 형태는 같을 수 없을 것이다. 그러니 흘러가는 대로 살아가기로 했다. 때론 웃기도 하고 울기도 하며 감정에 휩쓸리곤 하겠지만, 이러나저러나 나는 오늘도 잘살고 있다고 믿기로 했다.

초지일관

ㄹ

　　　　　　　　다사다난하던 시간 속의 계절들이 차례차
례 흘러가고 어느덧 한 해의 막바지인 12월에 들어섰다. 생명
은 대부분 가사(假死)에 이르렀고, 나는 동이 틈과 동시에 부산
하게 움직여 오던 지난 나날들과는 달리, 오늘은 이불 속에서
뭉그적거리고만 있었다. 머리맡으로 팔을 뻗어 휴대폰을 집어
들고는 화면을 띄웠다. 잠금화면 가운데엔 이런 문장이 적혀
있었다.

　'아무것도 하지 않기'

그것이 오늘의 일정에 적힌 메모였다. 평소에는 해야 할 업무나 약속 등이 적혀져 있어야 하나, 언제 적은 것인지 기억조차 나지 않는 뻔뻔한 글자가 띄워져 있었다.

다리 하나를 이불 바깥으로 내빼는 순간 낮은 신음이 입 밖으로 새어 나왔다. 전기매트를 두고 이불 안과 밖은 전혀 다른 세상 같았다. 옷장에 걸려 있는 옷가지 중에서 눈에 보이는 걸 대충 주워 입고는 옥상 바깥으로 나갔다. 집 앞 거리에는 여느 때와 같은 움직임이 보인다. 부단하면서도 잔잔한 일상의 흐름. 오늘은 이 작은 범위 중에서 아마도 내가 제일 여유로웠을 거다. 호흡을 크게 들이마시니 기도를 타고 폐 속으로 들어오던 차가운 공기 탓에 남아 있던 졸음이 전부 다 가셨다.

상쾌한 마음으로 다시 집 안에 들어와 커피를 내렸다. 때마침 휴대폰에서 전화가 울렸다.

"별일 없지? 이제 곧 연말인데 대전 내려올 거야?"

수화기 너머로 귀에 익은 목소리가 들려왔다. 고향에서 지내는 오랜 친구의 전화였다. 날짜를 확인하려 캘린더 어플을 열어 보니 요일별로 연이은 약속들이 즐비해 있었다. 누군가를 만나는 일정이 연속적으로 있는 경우가 내겐 잘 없는 편인지라, 이제 정말 한해가 막바지에 이르렀다는 사실이 크게 와닿았다.

"음... 이번 달에는 선약들이 조금 있어서, 아마 1월 중에나 갈 수 있을 거 같아."

연도의 뒷자리 수가 바뀌어 있는 1월을 바라보며 언제 내려가면 좋을까 생각했다.

"그래 그럼. 내려오기 전에 연락 한 번 줘. 오면 같이 밥 먹자."

전화가 끊어지고, 나는 내리다 만 커피를 다시 내리기 시작했다.

이 시기가 찾아오면 주변 사람들과 전화를 자주 주고받곤 한다. 다들 뿔뿔이 흩어지고 바쁘게 사느라 얼굴을 자주 비출 수 있는 게 아니다 보니 잘 지내고 있는지 등의 안부를 묻는 말들이 참 따뜻하게 느껴진다. 벌써 해가 저무는구나. 시간의 소중함을 하나씩 찾아내려 할수록 흘러가는 것들은 무색할 정도로 빠르게 지나간다는 걸 깨달았다.

잔에 옮겨 담은 커피를 들고 노트북 책상 앞에 앉았다. 오늘은 아무것도 하지 않는 날이란다. 아무것도 하지 않는 날엔 무엇을 하면 좋을까. 책을 읽자니 왠지 모를 감정에 마음이 들떠 있고, 드라마나 영화를 보자니 시간이 아쉽게 느껴졌다.

연말이라 그런지 기분이 싱숭생숭했다. 차분함을 지니기 위해선 일단 뭐라도 쓰는 게 좋겠다 싶었다.

뭘 쓰면 좋을까, 생각난 김에 다시 한번 지나온 일들을 되짚어 보는 시간을 한번 가져 보기로 했다. 부단하게 흘려 오던 것들은 잠시 멈추고 지금 비로소 나의 일 년이 어땠는지 자문하고 자답해 볼 기회라고 생각했다.

'나에게 올해는 어떤 해였나.'

노트북을 열어 메모장에 주제를 적어 내려가기 시작했다. 나는 올해 어떻게 보내왔던가. 나는 어떤 사람이었을까. 어떤 이의 입가에 미소를 만들었고, 어떤 이의 마음에 새로운 흉터를 남겨 주었나. 올해는 내게 어떤 인연이 흘러들어 왔고, 그

사람들에게 나는 어떤 모습으로 남겨지게 될까.'

　의문형의 문장을 생각나는 대로 한 줄 한 줄 채워 나갔다. 나는 이번 해를 어떻게 보내왔을까. 생각해 보면 이번 겨울은 결리던 것들이 많았다. 겨울에 들어서면서부터 신경이 많이 곤두선 채로 지내왔다. 악화와 죽음, 좌절과 포기가 잇따른 시간을 보냈다. 마냥 무너져 내리는 일상의 연속이었다. 잃어버리는 것들은 한순간이었고, 그렇다고 내가 할 수 있는 건 아무것도 없었다.

　그렇게 꿈도 사람도 놓아줘야 하는 시간을 보냈다. 꽉 쥐고 있던 손바닥은 힘없이 펼쳐졌고, 자립이란 글자 속에 압박이란 의미를 보았다. 나는 여태까지 잘 참아 온 눈물을 쏟아 냈다.

　한편으론 포기했을 때의 뭔지 모를 해방감을 느끼기도 했다. 내가 담을 그릇이 아닌 삶을 살아왔던 건 아닐까. 이제 조금은 편해질 수 있는 걸까 하는 안도와 앞날의 걱정이 수반됐다.

　해가 시작될 때의 마음가짐과 해를 보내 줄 때의 마음가짐은 약간 다르다. '다짐'과 '점검'의 차이라고 하면 어떨까. 우리는 새해를 맞이하면서 새롭게 다짐하고, 점검을 끝으로 그해를 보내 준다. 나는 이렇게 올해의 점검을 마쳤다. 아쉬움이 많이 남는 시간이었다. 그러나 지나간 것은 돌아오지 않는다. 돌아오지 않으니 해를 마무리하는 건 서글픈 일이 아닐까 생각한다.

올해는 정말 많이 서글프다. 잃은 게 참 많은 해였다. 그러하더라도 새해가 밝아 오는 것을 반가운 일처럼 여기기로 했다. 못다 이룬 것들은 뒤로한 채, 새로운 다짐으로 새롭게 나아가기로 했다. 내가 지정한 이정표의 방향이 조금 다르게 흘러간다 해도 웃어 보기로 했다. 모든 게 완벽할 수는 없겠지만 그렇다고 해서 '그럴 수밖에 없다'라는 안일한 생각은 하지 않았으면 좋겠다. '그러고 싶었다'로 바꿔 쓸 수 있는 여유로운 마음을 지니고 싶다.

그간의 긴 시간도 새롭게 유입하는 것들에 밀리면서 점진적으로 한 문장 정도로만 남겨진다. 올해는 '잃어버린 것들이 많았다' 정도로 남겨진다면, 새로운 해는 '그래서 채워지는 것들도 많았다'고 남길 수 있기를 바란다.

힘껏 서로를
사랑해 줄래

'힘껏 서로를 사랑해 줄래'

스피커 너머로 들려오던 가사 한 줄이 뇌리를 스쳤다.

나는 순간 고개를 돌려 보았다. 지금 내 노트북 옆에 놓인 마우스를 베개 삼아 폭 기대어 자는 반려묘 겨울이. 내가 노트북으로 무언가를 집중해서 하는 모습을 쳐다만 보다가 이내 잠들었나 보다. 손가락 하나로 콧등을 만지니 미간을 찡긋거리며 입맛 한 번 다시고는 다시 곤히 잠든 녀석.

나는 그 예쁜 가사를 누가 읊은 걸까 궁금해서 틀어 놓았던 플레이리스트를 확인해 보았다. 강아솔의 〈그래도 우리〉라는 노래였다. 우리라는 말도 참 좋아하는데. 한동안 가사가 참 예쁘다고 중얼거렸다.

"겨울아, 너는 엄마 안 보고 싶어?"

나는 겨울이를 지그시 바라보면서 물었다. 귀를 쫑긋 움직이긴 했는데 알아들은 건지, 못 알아들은 건지는 잘 모르겠다. 고양이의 세계를 이해한다면 다소 엉뚱한 질문이 될 수 있겠지만, 나도 모르는 겨울이를 낳은 어미는 어떤 녀석이었을까 문득 궁금해졌다. 겨울이가 아주 어렸을 때부터 사랑으로 잔뜩 보호해 주었을 텐데, 얼마나 아껴 가며 보살폈을까. 유년기의 겨울이 모습도 어땠을지 궁금하고.

어미가 집에 사는 고양이일지, 길거리를 떠도는 고양이일지. 살아는 있는지, 죽었는지 나와 겨울이로서는 알 턱이 없다. 설령 둘이 다시 만난다 해도, 겨울이도 어미도 지금은 서로가 서로를 기억하지 못할 테지. 이미 어미가 알고 있던 겨울이의 냄새는 진작에 사라지고 없으니까. 그래도 여전히 사랑이란 감정이 심장에 깊게 파고들었다면 좋겠다고 소원했다.

사랑이란 감정을 무엇 하나로 단정 지어 설명하기란 참 어렵다. 이전에 누군가는 내게 사랑이 부족하다며 그건 사랑이 아니라고 가볍게 이야기하기도 했었다. 그렇다면 풍족한 사랑이란 무엇일까. 그 사람이 생각하는 풍족한 사랑이 나에게 있어서는 아무 의미 없는 것일 수도 있는 게 아닐까. 사랑은 상대적인 만큼 옳고 그르다는 식으로 함부로 이야기할 수 없는 고결한 감정이라고 생각하지 않는 걸까. 한때의 속상했던 기분이 겨울이를 보다 보니 상기되었다.

겨울이를 보호하는 역할은 이제 내게 주어졌다. 과연 어미가 내려 준 만큼의 사랑을 내가 이어서 전해 줄 수 있을지는 잘 모르지만, 가능하면 그와 비슷하길 바라는 마음으로 나름대로 노력하려고 한다. 가끔은 무엇을 요구하는 건지 이해 못해서 서로 투닥거리기도 하고 토라지기도 하지만, 언제 그랬냐는 듯 금세 화해하고는 한 이불에서 같이 잠드는 일상을 보내고 있다. 그런 일상이 앞으로도 변함없이 찾아와 주었으면 좋겠다.

겨울아, 내가 너를 우리집으로 데려온 게 과연 잘한 일인지 가끔은 의문이 들기도 해. 혹시 내가 너에게 너무 못되게 구는 것은 아닐까? 내게 늘 관심을 요구하고 언제나 함께 있고 싶을 텐데 그러지 못해서 미안해.

너를 처음 우리집으로 막 데려왔을 당시처럼 한평생을 한결같은 마음으로 대할 수 있다면 좋겠는데 때때로 변화하는 내 감정에 네가 조금 힘들어했을지도 몰라. 그렇지만 내게 먼저 손 내밀어 주던 네게 항상 고마워. 소통이 원활하지 않아 서로가 답답한 경우도 있겠지만, 그래도 우리 가사의 한 문장처럼 힘껏 서로를 사랑해 주자. 남들이 몰라줘도 괜찮으니까, 우리는 우리의 사랑을 계속해서 이어 가자. 너를 많이 사랑해, 겨울아.

행복의 흔적

분주하기만 하던 아침도 겨울 안에선 조금 느긋해지는 듯한 기분을 느낀다. 잠에서 깨어 환기를 시키려고 창문을 열었다. 훅하고 들어오는 차가운 공기가 몸을 잔뜩 움츠러들게 했지만, 숨을 들이마실 때마다 느껴지는 청량함이 마음을 맑고 투명하게 정화하는 기분이 들었다.

옥상 바닥에는 눈이 소복하게 쌓여 있었다. 새벽에 눈이 내린 모양이다. 올해의 겨울은 여느 겨울보다 눈을 보기 힘들었는데 뜻밖에 마주하게 되어 기분이 좋았다. 하늘을 올려다보았다. 한동안은 구름이 가득 드리워진 날들의 연속이었는데 오늘은 오랜만에 맑게 개어 있었다. 창을 타고 넘어오는 햇살이 오늘을 더욱 풍요롭게 채워 주는 듯한 기분이 들었다. 아침이 이렇게나 완벽해도 되나 싶을 정도로 행복한 감상에 젖었다.

보통 하루를 이렇게 산뜻하게 시작하면 내심 불안한 마음이 들기도 했다. 사람의 기분이 하루 종일 같을 수는 없겠고, 이다음의 감정이 또 다른 행복의 형태로 다가왔으면 좋겠지만, 설령 그렇지 못하다고 했을 때 오늘 이 하루를 어떤 마음으로 마무리하게 될 지 몰라 걱정이 들었다.

어렸을 때는 겨울에 눈이 내릴 때마다 하고 싶어 하던 작은 로망이 있었다. 아침에 눈을 떴을 때, 집 밖에 눈이 쌓여 있으면 잠옷 차림으로 뛰쳐나가 바닥에 드러누워 이리저리 뒹굴고 싶다는 로망. 그저 철없는 행동으로 보일 수 있겠지만, 지금 이 옥상에는 나 이외에 아무도 없다. 그러니 타인의 시선을 의식하지 않아도 된다. 언제 또 이렇게 눈 쌓인 풍경을 마주할 수 있을지도 모르겠고, 그저 마음이 이끌리는 대로 움직였다.

그대로 바깥을 나가 이리저리 구르고, 양팔과 다리를 휘저어 가며 천사 모양을 만들기도 하고, 구석에서 눈사람과 눈오리들을 만들기도 했다. 지금의 이 순수하고 행복한 감정을 시각적으로 남기고 싶었다. 혹시나 오늘 일과를 마치고 집에 돌

아올 무렵에 기분이 그리 좋지 않더라도, 그 흔적들을 바라보며 오늘도 분명 행복했던 순간은 있었을 거라고 떠올리길 바라면서 말이다.

어릴 때나 지금이나 겨울을 한결같이 좋아한다. 좋아하는 걸 넘어 편애하는 계절이라고 부를 정도로 겨울을 아낀다. 세상이 꽁꽁 얼어붙은 만큼 시간도, 감정도 그랬으면 좋겠다. 편애하고 아끼는 모든 순간이 전부 느릿하게 녹아내렸으면 좋겠다.

이듬해
봄이 다가온다면

　　　　　　　이듬해 봄이 다가온다면 나는 양지바른 곳에 피어나는 작디작은 꽃 한 송이가 되고 싶다. '예쁘다'라는 단어를 또박또박 발음하던 입술의 모양은 이내 곧 유약한 꽃잎의 형상을 띠게 되고, 그 꽃잎은 봄날의 생기를 잔뜩 머금은 채로 그 자리를 지나가던 또 다른 누군가의 씨앗을 발아시킬 것이다. 꽃 주위에 벌과 나비들이 날아다닌다면, 입술에는 사람과 사랑이 가득하다.

세 번째 계절

꽃내음이 가득한 하루

처음으로 좋아한 꽃

축하할 일이 생겨서 꽃집을 방문했다. 누군가에게 꽃을 선물해 본 적이 있던가. 아마 이번이 처음이었을 거다. 넣고 싶은 꽃도 딱히 없었고, 꽃집에 어떤 꽃이 있는지도 잘 몰랐다. 어색함이 감도는 공간이라 그런지 왠지 마음이 싱숭생숭하다. 꽃을 선물하는 가게. 조금이라도 알아보고 올 걸 그랬나. 가게 앞에서 마음이 수줍어지는 건 자연스러운 일인가. 작은 숨을 한 번 고르고 유리문 손잡이를 잡아당겼다.

입구에서부터 코끝을 스치는 싱그러운 향기는 경직된 몸을 자연스레 주무르는 듯했다. 꽃집을 자주 드나드는 사람들의 마음을 조금은 알 것 같았다. 집 앞에 꽃집이 있다면 나도 거리를 오가는 발걸음이 조금은 사뿐해지려나.

제일 먼저 눈에 띈 건 계산대 위에 놓인 큰 꽃다발이었다. 장미 주위를 수많은 안개꽃으로 둘러싼 사랑이 느껴지는 꽃다발. 누가 주문한 걸까.

"좋아하는 사람에게 주고 싶으신가 봐요."

사장님께서 말씀하셨다.

'좋아'라니 '사랑'은 아닌 건가?

속으로 그런 생각을 했다. 뭐, 아직일 수도 있는 거니까. 꽃다발에 담긴 장미는 장미 나름대로 아름다웠지만, 안개꽃이 그 아름다움을 더욱 돋보일 수 있는 역할을 해 준 것이 아닐까 싶었다.

안개, 어슴푸레한 그 어감부터가 예쁘지 않은가. 사랑에 열정적인 것도 좋지만, 그 사랑을 기반으로 은은하게 감싸 줄 수 있는 정적인 것들에 마음이 더욱 기운다. 안개꽃처럼.

안개꽃, 장미를 가득 둘러싼 잔가지들 사이사이에 뽀얗게 내려앉은 듯한 작은 송이들이 유난히 눈에 밟힌다. 흰색뿐만 아니라 붉은색, 파란색, 노란색, 분홍색, 녹색, 보라색과 같이 각양각색으로도 전할 수 있는 꽃. 저마다 다른 색깔인데도 또 다른 사랑의 의미를 내포하고 있다니 참 한결같은 꽃이구나.

맑고 깨끗한 마음이라는 순수한 의미를 지니고 있던데, 한편으론 죽음이라는 의미도 지니고 있다니. 하지만 장미와 같은 열정적인 사랑과 관련된 꽃을 함께 포장하면 '죽을 때까지 사랑한다'라는 한 문장이 완성된다고 했다. 그래서 그런가, 나는 안개꽃을 닮은 사람이 되고 싶었다. 나보단 다른 누군가를 더 빛나게 해 주고 싶은 사람인지라 안개꽃처럼 고요한 침묵을 지키고 싶었다. 조화를 이룰 수 있는 꽃이 되고 싶었다.

덕분에 원활한 결정을 내릴 수 있었다. 나는 사장님께 하얀 안개꽃이 담긴 바구니를 만들어 달라고 말씀드렸다.

꽃을 전하는 마음은 참 순수하다. 포장지로 감싸는 순간부터 전달하는 대상에게 향하는 발걸음까지 얼마나 가슴이 설렐까. 보폭이 평소보다 조금 더 넓어질지도 모르겠다. 조급한 마음이 꼭 나쁜 것만은 아닌가 보다. 서두르게 되는 대상이 있다는 건 어쩌면 순수한 행복의 형태를 지닐 수 있다는 게 아닐까.

가게 바깥을 향해 등 돌리기 전에 마지막으로 그 꽃다발을 바라보았다. 그 손님은 누구에게 꽃을 건네주려는 걸까. 당신도 나와 같은 영원한 사랑을 순종하는 사람일까. 왠지 모르게 얼굴도 모르는 둘 사이를 응원하고 싶어졌다. 헛짚은 게 아니었으면 좋겠다.

처음으로 좋아하는 꽃이 생겼다. 나는 안개꽃이 담긴 꽃바구니를 손에 쥐고 한껏 들뜬 마음으로 문밖을 나섰다.

꽃을 전하는 마음은

　　참 순수하다.

　　포장지로 감싸는 순간부터

　　전달하는 대상에게 향하는 발걸음까지

　　얼마나 가슴이 설렐까.

　　보폭이 평소보다 조금 더

　　넓어질지도 모르겠다.

우수에 만개하는 단어

죽음과 안식을 지나 숨과 생명
이 가득한 단어들의 계절. 추억, 사랑, 꽃, 청춘 같은
초유함이 주위로부터 짙어져 간다.

사랑하기 좋은 계절에는
사랑이 하고 싶었나

이른 아침부터 창문을 타고 햇살이 강하게 들어오는 날. 부스스한 눈을 비비고 일어나 일단 창문부터 열었다. 바깥은 하늘도 푸르고 구름이 몽실몽실 예쁘게도 떠 있었다. 딱히 별다른 약속이 있는 게 아니라면 혼자 외출을 나서는 일이 잘 없긴 한데, 이런 날엔 잠시나마 나갔다 들어올까 싶은 생각도 든다. 맑은 날의 우울이라고 해야 하나. 약간의 변화라도 좋으니 하늘이 예쁜 만큼 내 하루도 예쁘게 흘러가길 바라는 마음이 드는 한편, 다른 날들과 별 차이 없을 거라는 걸 알기에 조금은 쳐지는 기분이 들기도 한다.

혼자 있기는 외롭다며 바깥에 나갔다가 더욱이 공허한 감정을 느끼고 돌아오게 되는 그런 날들이 종종 있다. 오늘이 아마 그런 날일 것이다. 일단 날씨가 좋으니 옥상에 빨래부터 널어 두었다. 우리집 작은 친구도 햇살이 좋은 모양인지, 옥상 바깥을 나와 빨랫줄 밑에서 몸을 이리저리 마구 뒹군다. 그 모습을 바라볼 때면 어찌나 귀여운지, 언제나 입가엔 미소가 만개한다.

"행복해?"

녀석이 나른한 표정을 지을 때마다 꺼내게 되는 말이다. 바닥에 무릎을 꿇고 녀석과 시선을 맞춘 뒤에 내뱉는 행복하냐는 말. 그래. 너라도 있어서 내가 이렇게 웃을 수 있는 거야. 나는 너를 사랑하고 있으니 이렇게 종종 행복하냐고 물어볼 거야.

사랑. 내게 사랑이라 칭할 수 있던 시절이 얼마나 있었을까. 어린 나이의 소꿉장난과도 같던 사랑도 사랑이라 칭할 수 있을까. 한 줌의 추억조차도 남아 있지 않은 사랑을 사랑이었다고 말할 수 있을까. 모르겠다. 내 삶에 파고들어 와 엉키어 있던 얼굴들을 떠올려 보자니 그 모습은 일말 떠올려지지 않는다. 분명 지금보다는 밀도 있고 당도 높은 나날들을 보냈던 것 같은데 어

렴풋이도 떠올리지 못한다는 걸 조금 씁쓸하게 여겨야 하는 걸까. 누군가를 내 가슴에 한 아름 끌어안던 감촉도, 혀끝에서 농익어 가던 달콤한 향기를 맡아본 지도 꽤 오랜 시간이 지났다. 거리에는 사랑으로 피어나는 향기가 가득하기도 하다. 어떻게 다들 그렇게 봄의 색과도 잘 어울릴까. 참 예쁘기도 하네.

봄을 좋아하지만서도 한편으론 불안정한 마음이 수반된다. 꽃을 바라보며 꽃말을 중얼거리는 걸 좋아하지만, 그 뒤에 찾아오는 헛헛함을 감내할 수 없는 날엔 마음이 그렇게도 무거워질 수가 없다. 짝사랑 같은 건가. 하긴 하루 동안의 감정이 무언가 때문에 일렁이고 있다는 건 분명한 사랑이겠지.

일단 나갈 준비를 해야겠다. 외출을 나서고 있는 동안은 여느 때와 다를 것 없이 그들에게서 피어나는 향기에 잠시 취하고 있겠지. 예쁜 모습들을 잔뜩 카메라에 담아내고 있겠지. 분명 여느 일상과 다를 바 없이 여전히 공허할 거다. 나에게는 직접적으로 그 향이 피어나지도, 맡을 수도 없으니 한동안은 향수라도 뿌리고 다녀야겠다. 홀아비 같은 냄새를 풍기는 건 꽤 질색이니까.

사랑하기 좋은 계절이라는 건 분명한데, 내겐 사랑하고 싶

은 계절 같아서 약간 쓴맛이 느껴진다. 대상 없는 사랑은 이러
지도 저러지도 못하고 공기 중에서 머뭇거리고만 있다.

말씨는
마음에서 개화한다

이사 후 한번은 집들이 파티로 주변 지인들을 초대했다. 그날은 초대한 손님들께 직접 요리한 음식을 대접해 드리기로 한 날이었다. 내가 요리를 잘하는 편은 아니지만, 그래도 만들어진 음식의 맛을 보면 대체로 먹어 줄 만하다. 손님들에게 어떤 요리를 내어 드리면 좋을까? 선택하는 것에 있어선 늘 확답을 내리지 못하는 탓에, 이번에도 예외 없이 망설이는 모습을 보이게 되었다. 내가 좋아하는 요리를 해 볼까? 그렇지만 혹시라도 입에 안 맞으시면 어쩌지 하는 걱정스러운 마음은 어딜 가나 늘 앞서게 되는 것 같다.

"혹시 찜닭.. 괜찮으세요..?"

손님들은 좋다며 고개를 끄덕였다. 닭을 좋아하는 나는 닭이 메인으로 들어가는 요리를 자주 해 먹다 보니 이것만큼은 그 나름대로 자신 있다고 자부해 왔다. 하지만 타인에게 음식을 대접해 본 적이 잘 없다 보니, 요리를 선택하는 순간부터 주눅이 들기 시작했고 이내 자신감은 바닥으로 떨어졌다. 손님들은 그런 내 마음을 들여다본 건지 너무 긴장할 필요 없다, 자기들 신경 쓰지 말고 하던 대로 해라, 초대받은 입장으로서 그저 감사할 뿐이라며 따뜻한 말로 다독여 주던 모습에 큰 고마움을 느꼈다.

이윽고 나는 맛있게 먹어 주길 바라는 마음으로 정성 들여 만들었다. 중간중간 간을 봤을 때도 부족함이 느껴지지 않았고, 그릇에 담긴 모양새도 제법 그럴싸했다. 이제 남은 건 평가의 시간이었다.

모든 과정을 마치고 완성된 찜닭을 식탁 위에 내어놓았다. 얕은 환호성과 내게 향하는 고마움의 눈빛으로 식사는 시작되었다. 나는 음식을 맛보는 그들의 표정을 바라보며 긴장된 가슴을 한껏 옥죄었다. 다행스럽게도 다들 맛있게 먹어 주었고,

그중 한 사람의 한마디는 내게 만족스러움을 넘어서 신선한 충격을 주었다.

"와, 이걸 매일 같이 먹는 사람은 되게 행복하겠다."

음식값을 비싸게 지불받은 기분이었다. 맛있게 먹어 주는 것만으로도 음식을 내어 준 입장에서는 굉장히 뿌듯한데, 그 말은 그것을 훌쩍 넘어 정말 귀중했다. 행복을 주는 사람이라니. 그 부드럽던 말씨의 잔향은 귓가에서 꽤 오랜 시간을 맴돌았다.

손님들을 배웅한 후에 나는 행복이라는 단어를 입으로 중얼거렸다. 그러고 보니 나로 인해 행복하다는 말을 누군가의 입으로부터 들어본 적이 잘 없었다. 어쩌면 누군가를 행복한 사람으로 만들어 주는 것 역시 내가 행복해질 수 있는 방법이 되지 않을까. 그런 생각을 했다. 예쁜 말 한마디로 인해 이렇게나 위로받을 수 있다니. 그러니 다른 사람들에게도 그럴 수 있는 말을 건넬 줄 아는 내가 되자고 다짐했다.

말씨는 그 사람의 인생이고 습관이다. 그래서 예쁜 말들이

오갈 수 있는 관계가 좋다. 잔잔한 위로와 온기를 더해 줄 수 있는 말씨의 안화함으로 우리는 서로의 정원에 양분을 주게 되고, 계절에 상관없이 마음에 꽃을 피우게 된다. 느리더라도 마음속으로 천천히 곱씹어 가면서 존중과 배려가 수반된 좋은 마음을 담아 상대에게 전달하면 되는 것이다. 표현이 투박스럽고 서툴게 보이더라도 괜찮다. 모양이 어떻든, 진심이 담긴 말은 언제 어디서 들어도 달게 느껴진다. 그렇게 사람에게도 꽃내음이 가득할 수 있다.

사랑은

가만히 벚꽃 잎을 바라보고 있으면 마치 사람의 마음을 들여다보는 듯한 기분이 들어. 겉보기엔 희고 순해 보이는데, 만져 보면 너무나도 유약해서 자칫 잘못 만졌다간 금방이라도 부서질 것만 같거든. 구슬픈 얼굴을 하게 되더라도 그것은 동정하거나 연민해서 그러는 게 아니야. 그저 있는 그대로를 이해하고 마주하고자 하는 마음에서 우러나오는 거지.

누군가를 알아 가는 시간이 길어질수록 앓아 가는 것은 당연한 일이야. 삶에 의해 드리워진 숱한 얼룩들을 지워 줄 수는 없더라도 서로가 쥐어 줄 수는 있는 거야. 가끔은 우울해도 괜찮

아. 쉬어가도 괜찮아. 지고 피는 꽃잎처럼 우리 자연스럽게 흘러가자. 꽃은 계절을 타고 와서 결국 다시 피우기 마련이니까. 올해도 예쁘게 피워 내자. 그렇게 봄을 앓아 가자. 같이 봄을 사랑하자.

슬픔 기록장

사람이 행복한 삶을 갈망하는 건 당연한 일일 테지만, 어쩌면 불행 속 사무치는 슬픔을 다독일 수 있길 더 갈망해야 할지도 모른다. 일어설 줄 아는 만큼 행복을 기다릴 줄도 알게 되지 않을까. 그래서 나는 글을 쓰기 시작했다. 내 감정을 내가 적고 읽어 나가기로 했다. 그렇게 내일은 다시 괜찮아질 거라며 오늘을 달래 보기로 했다.

선한 고집

어렸을 때부터 나는 무언가에 대해 먼저 나서서 이끌고 해내기보다는, 그 이면에서 티 나지 않게 활약하는 걸 선호해 왔다. 큰일을 하거나 주목을 받는 데에는 여전히 관심 없지만, 대신 작은 일들에 초점을 두고 고요함 등에 귀를 기울이는 건 한결같이 좋아한다. 이름 없이 누군가에게 따뜻한 사람이 되고자 하던 것. 그것은 내가 유년부터 지금까지 키워 온 다정한 꿈이었다.

그래서 초등학교에 다니던 시절부터 '마니또'를 좋아했다. 누군가의 주변을 알 듯 말 듯 맴돌며 언제나 지켜보고 도울 수 있다는 게 내게는 즐거움이었다. 사물함 속에 몰래 간식거리들을 넣어 주거나 수업에 필요한 준비물들을 미리 챙겨 주기도 했었다. 가끔은 덕분에 즐거웠다고, 내일 또 만나자는 말을 편지지 대신 알림장에 적어 두고는 그 페이지를 찢어서 가방 속에 몰래 넣기도 했었다.

오늘까지도 나는 조금 먼발치에서 누군가를 챙겨 주는 걸 좋아한다. 그때처럼 한 사람만을 위해 몰래 행동하는 것은 아니고, 미숙하더라도 더 많은 사람들을 챙기려 노력하고 있다. 오늘 하루가 어땠는지, 내일은 날씨가 맑아서 좋겠다느니 안부 정도만 간간이 물어보곤 하지만, 설령 누군가가 좋지 않은 하루를 보냈다면 어쩌다 한 번씩은 먹을 것을 보내 주곤 했다. 그저 잘 살아가길 바라는 마음에서 비롯된 행동들이었다. 나는 타인에게 일어나는 좋은 일들이 마치 내가 겪은 일인 것처럼 스스로가 기뻐하는 모습을 내심 아껴 왔다.

언젠가 그런 주제로 함께 대화를 나누던 사람이 그랬다. 내게는 작은 고집 하나가 있다고. 그걸 바꿔 말하면 소신이라고 했다. 내가 지닌 소신은 이타적인 마음을 중점으로 이뤄진 것이었다. 하지만 나는 제 할 일을 제쳐두고 타인을 위할 수 없다고 생각하는 편인지라, 마냥 내가 이타적인 사람이라고는 할 수 없는 것 같다. 정확히는 이타적인 성향을 동경하는 정도겠다. 모두에게 따뜻함을 유포할 수 있는 사람이고 싶은 마음이 있지만, 그럴 수 없다. 때에 따라선 나를 더 위하려 하는 행동들이 나온다.

"저도 삶의 미시적인 부분에서 지극히 이기적이지만, 거시적인 차원에서는 항상 모두가 잘사는 방향을 생각해 보는 편이에요."

이기적일 수 있겠으나, 그 사람은 그게 자연스러운 거라고 했다. 나는 그 계단을 천천히 밟아 올라가고 싶어졌다. 너무 급하지도 저조하지도 않게. 본질적으로 내겐 쉬이 흔들리지 않을 바람이 있다. 이타적인 사람이고 싶다는 마음. 그 마음을 동경하면서 나를 그 마음에 대입하고 싶다. 그렇게 한 계단씩 그려나가며 성장하고 싶다.

"그렇게 말하고 행동하게 된 원인이 어디에 있을까. 저 사람의 마음에 여유가 좀 더 있었다면 안 그랬을까 하는 것들을 생각하면 조금 더 넓게 들여다볼 수 있는 것 같기도 해요."

타인과의 갈등이 일어날 때 어떻게 대처하는 게 좋을까. 그럴 때마다 종종 떠올려 보던 생각과 흡사했다. 누군가의 잘잘못을 따지기 이전에 그렇게 행동한 근본적인 이유를 찾는 걸 우선시하곤 했다. 누군가를 미워하기보단 흡수할 수 있었으면 좋겠다는 마음이었다. 견문을 넓히는 일이었다. 물론 잘못한 부분을 무마시키는 것은 아니고, 이해해 보는 것뿐이지만 말이다.

"공공장소에서 소란을 피우다가 누가 꼭 안아 주니 잠잠해지던 모습 같은 걸 보면 사람에겐 사랑이 필요하단 생각이 들고, 여행지에 가서 만나는 여행객이나 외지인이 친절하고 행복해하는 걸 보면 우리는 여유가 필요하단 생각도 들고, 돈이 필요할 거라는 생각도 들어요."

나는 그 말에 긍정하며 고개를 끄덕였다.

"그러다 보면 궁극적으로 우리가 잘사는 방법은 뭘까, 잘산다는 것의 정의는 뭘까 하는 큰 질문에 도달하는 것 같아요. 대답은 사람마다 다르고 정답은 늘 모르겠지만, 적어도 내가 정답이라고 믿는 구석에 한걸음 가까워질 수 있다면, 생각이란 건 유의미한 일이 아닐까요? 누군가를 이해한다는 건 항상 어렵고 완벽할 수 없지만, 그래서 흥미로워요."

잘사는 방법이란 뭘까. 더 나아가서 모두와 잘 살아갈 방법에는 또 뭐가 있을까. 생각은 복잡해져만 가지만, 누군가도 이런 고민을 하고 있다는 사실에 내심 안도했다. 이면을 바라보려 노력하는 마음가짐을 지닐 수 있어서 다행이다. 그걸 다른 사람들과 함께 나눌 수 있다는 사실이 얼마나 감사한 일인지 모른다. 이상을 꿈꾸는 사람들 덕분에 내 소신도 좀 더 용기 내어 키워 나갈 수 있을 것 같다.

이름 없이 따뜻한 사람으로 살아가고 싶다. 함께 살아가는 삶이라는 말이 지금보다 자연스러워졌으면 좋다. 서로에게 없는 부분을 메꾸어 주며 이끌고 나가 줄 수 있는 삶이 되었으면 좋겠다.

생각을 다듬어서 이야기할 줄 아는 사람과의 대화 덕분에 무수한 생각에 잠겼다. 그게 제자리걸음이 아닌 걸음마의 시작이 되는 순간으로 기억되길 바라면서 말이다.

동이 트는 시간까지도 그 작은 설렘은 그칠 줄 몰랐고, 나는 오늘 점심 직전에 일어났다.

제주에 두고 온 편지

처음으로 제주 여행을 계획했던 당시, 제주의 한 호텔에서 근무하던 고향 친구는 내가 방문했다는 소식을 듣고 기꺼이 나를 찾아와 내 목적지를 동반하고 운전해 주었다. 1박 2일이라는 짧은 시간이지만, 본인의 소중한 시간을 나에게 할애한다는 게 얼마나 귀하고 값진 일인지 너무나도 잘 알았기에, 나는 여행길 내내 보석을 지닌 듯한 기분이었다.

제주에 막 도착했을 때는 이른 아침이었고 그 친구와 만나기로 한 약속 시간은 점심이 조금 지날 무렵이었기에, 그 사이 공백의 시간 동안은 두 발로 직접 제주를 둘러보기로 했다. 사실 제주를 방문하는 가장 큰 목적은 벚꽃이 피어 있는 장소들에서 사진을 담아 가는 것이었다. 사전에 계획했던 장소들도 하나같이 벚꽃이 드리워져 있는 곳이었다. 공항으로 떠나기 전날부터 이미 나는 분홍빛을 잔뜩 머금은 제주의 봄을 상상하면서 찾아왔던지라, 마음은 설렘으로 한가득 채색되어 있었다. 그러나 상상하던 모습과는 다르게, 아직 제주에도 꽃이 피지 않았던 모양이다. 어느 곳을 방문해도 분홍빛은커녕, 나무에 매달린 봉오리들이 이제야 겨우 고개를 내밀던 때라 아직은 한창 메마르고 앙상한 가지들로만 가득했을 뿐이었다. 그해 봄이 유난했던 걸까, 올해 봄이 지난한 걸까. 이번 봄은 이미 피어 있어야 할 꽃들이 개화 순서를 놓치고 제멋대로 등장하는 계절이었나 보다.

벚꽃에 대한 환상과 미련은 모두 버릴 수밖에 없었다. 하지만 아쉬운 마음이 들었다고 실망할 필요는 전혀 없었다. 지금 생각해 보면 내가 그간 경험했던 여행의 즉흥적인 형태와는 사뭇 달랐던 계획이었다. 사진을 위한 여행. 그것도 나쁘진 않지만, 예측할 수 없는 여행길이 오히려 선명한 추억으로 남게 되는 것은 분명하니 벚꽃이 연상되는 장면들 말고 눈으로 바라보고 피부로 느꼈던 모든 순간을 기억하기로 했다.

약속 시간이 다가왔고 나는 먼저 약속 장소에 가 친구를 기다리고 있었다. 얼마 뒤 차를 몰고 오던 친구가 내 앞에서 정차했다. '어떡하지? 오는 길에 벚꽃 좀 있나 보면서 왔는데 하나도 안 피었더라'라고 말했다. 나는 그래도 괜찮다는 말과 함께 친구 차에 올라타 해안도로를 따라 열심히 달렸다. 딱히 목적지는 없었고, 드넓게 펼쳐진 바다는 하늘보다 더욱 푸르렀다. 평생을 화면 너머로만 바라보던 제주의 모습을 두 눈으로 직접 경험하니 마음은 더욱이 들떠만 갔다. 분홍색 없이도 황홀했던 풍경. 물론 함께라서 더욱 즐거운 여행길이었다. 육지에선 바라볼 수 없는 그 맑은 파란색이 가득한 풍경을 카메라에도 담아 보았다. 물론 기대에 미치지는 못했지만.

"생각보다 색깔을 잘 못 담는 거 같은데?"
"그렇지? 제주는 눈으로 보는 게 제일 예쁘더라고."

역시 기계는 사람의 눈보다 못하다는 것을 깨닫곤 아예 가방 속으로 카메라를 집어넣었다.

"좋은 곳에서 일하네."

"맞아. 근데 일하다 보면 여유롭게 구경 다닐 시간도 없어."

눈앞의 풍경을 뷰파인더에 집착한 채로 바라보고 있었더라면, 분명 놓치고 마는 것들이 있었을 것이다. 그렇게 생각하니 이 순간을 오로지 두 눈으로만 만끽하고 싶었다.

어딘지 모를 도로 한 곳에 자동차를 세워 두고 인적이 드문 골목길을 걸으며 포근한 온기 속에서 서로의 근황을 물었다. 사랑에 대해서, 삶에 대해서, 꿈에 대해서 말이다. 함께 튀김과 메밀국수를 먹고, 또 어디 김밥집이 맛있다며 그곳을 찾아가 포장한 뒤 바다를 앞에 둔 채로 넓게 펼쳐진 잔디밭에서 함께 나눠 먹기도 했다.

"벚꽃 못 봐서 어떡해? 그것 때문에 왔다며, 속상하지 않아?"

"괜찮아, 다음에 또 올 일 있으면 그때 보면 되지."

그런 거 없이도 나는 충분히 행복한 시간을 보냈다. 골목을 거닐면서 마주하게 되는 동백꽃도, 집집마다 널려 있는 빨랫감들이 봄바람에 살랑살랑 춤을 추던 모습도, 어린아이들이 옆에 있는 짝꿍의 손바닥을 마주 잡고 나란히 횡단보도를 건너는 모습도, 새들이 노래하는 잔잔한 숲길도, 미용실 앞에 다소곳이 앉아 나와 눈을 맞추던 강아지 한 마리까지. 그런 온화하고 다정한 순간들은 만개한 벚꽃에 지지 않을 만큼이나 아름다웠다. 아니, 오히려 벚꽃이 없어서 그 이외의 것들을 더욱 세심하고 충만하게 바라볼 수 있던 걸 테지.

사소하게 흘러가는 그 모든 일상을 바라볼 수 있었던 건 다 네 덕분이야. 올해로 우리가 인연을 함께 이어간 지 16년이 되었네. 생각해 보니 너랑 내가 둘이서 여행을 다녀본 적이 단 한 번도 없었던 거 같아. 어쩌면 이번이 대화를 가장 깊게 나눌 수 있었던 시간이 되었을지도 모르겠어. 너와 함께할 수 있어서 감사해.

나는 그렇게 생각해. 사랑하다 보면 살아가는 삶이 훨씬 더 입체적으로 형상되지 않을까 하고. 그건 아마도 그간의 너를 바라보면서 얻어 낸 깨달음이었을 거야. 사랑하는 사람을 생각해서 미래를 계획하는 거. 나는 그런 가치관 좋아해. 그리고 사랑하는 면에선 네가 나보다 훨씬 깊은 것도 분

명해. 널 보면서 참 많이 배웠지. 나도 그렇게 성숙해지고
싶어.

함께하는 시간이 아무리 길어진다 한들, 서로가 알아갈
수 있는 부분은 한정적일 수밖에 없는 것 같아. 그만큼 서로
에게 한결같이 조심스러워야겠어. 꼭 모든 부분을 알아야
할 필요는 없지. 그럼에도 우리는 꾸준히 연결되어 있는걸.

너의 삶도, 사랑도, 꿈도 한결같기를 응원해. 곁에 늘 머
물러 있을 순 없더라도 언제든 닿을 수 있을 거야. '오늘은
뭘 하며 보냈을까?' 머릿속으로만 생각하고 이만 이곳에 두
고 갈게. 우리가 또 한 번 이런 시간을 가질 수 있을까. 진심
으로 그럴 수 있기를 바라.

딱히 목적지는 없었고,

드넓게 펼쳐진 바다는 하늘보다 더욱 푸르렀다.

평생을 화면 너머로만 바라보던

제주의 모습을 두 눈으로 직접 경험하니

마음은 더욱이 들떠만 갔다.

분홍색 없이도 황홀했던 풍경.

편

어떤 상황에서건 그저 내 편을 들어줄 수 있는 사람이 하나라도 꼭 필요하다. 내 잘못을 논리적으로 구구절절 설명하는 사람은 세상에 넘치고도 넘치니까. 그럴 수도 있다며 한결같이 토닥여 줄 수 있는 사람과 과연 앞으로 몇 번이나 맞닿을 수 있을까. 아무리 생각해 봐도 드물기 마련이다. 그래서 무조건적인 신뢰를 주는 사람들이 귀할 수밖에 없다. '이래서 안 돼'보다는 '그래도 괜찮아'라는 말, 그리고 설령 모든 걸 이해할 순 없어도 '당신이 그러하다면 그러한 거'라는 말, 그런 다정한 발음과 진실함이 깃든 따스한 눈동자를 좋아한다.

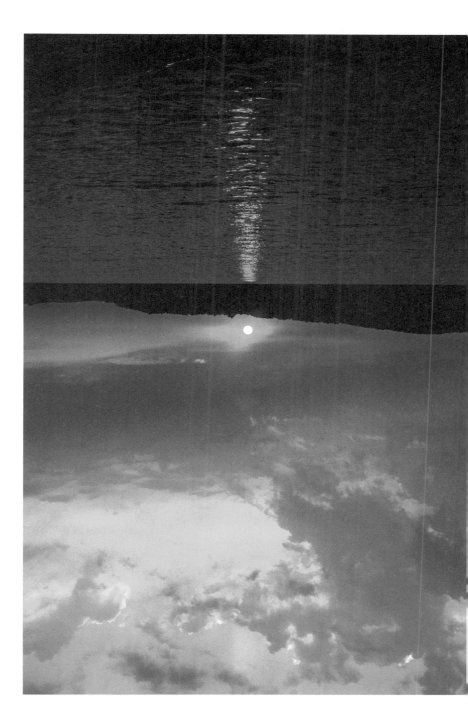

바다가 보이는 마을

바다를 사이에 둔 마을을 좋아한다. 하늘과 땅, 그리고 육지와 바다의 경계를 이루는 곳. 정확히는 그 안에서 살아 숨 쉬는 사람들의 삶을 동경한다. 느림과 깊음이 공존하는 만큼, 판단을 섣불리 할 필요도 없다. 골목길에 듬성듬성 피어 있는 꽃 몇 송이, 길거리를 떠도는 작은 동물들, 요란하게 울려 퍼지는 오토바이 소리. 그러한 것들에 초점을 맞추기 알맞은 장소라는 생각이 든다.

바다의 삶을 바라보면 서글픈 마음이 든다. 정체되어 있는 어떠한 추억 때문인지, 그게 아니라면 단순 내 바람에 불과한 것인지는 잘 모르겠다. 구체적인 이유나 그 이외의 어떠한 것이 떠오르거나 하는 건 아니지만, 어렴풋한 기억 안에 자리 잡은 오묘한 감정들이 대개 바다에서 생활하는 사람들의 모습을 통해 나타나곤 했다. 그래서 이전부터 바다가 보이는 마을을 발견하면 그곳에 대한 동경심을 품어 왔다. 어떤 부분이 나를 신경 쓰이게 만드는 걸까. 종종 그런 생각을 한다. 훗날에 내가 만약 바다를 사이에 둔 장소에서 살아가게 된다면 과연 어떤 삶을 이루며 나아갈 것인가에 대한 것을.

게으른 성격상 바다가 보이는 마을에 살게 되었다고 해도 일부러 바다 앞까지 찾아가진 않을 테지만, 그래도 나는 그 장소를 그 어느 곳보다도 아끼게 되지 않을까 싶다. 마치 집사가 부대끼는 걸 허락해 주지 않지만 그래도 자기 주변에 꼭 머물러 줘야 한다는 고양이의 요상한 성향처럼 말이다.

생각해 보니 그렇다. 바다에서 살아 본 적이 여태껏 단 한 번도 없지만, 내 안에서 잊힌 듯하면서도 소중히 머물러 있는 기억 속의 감촉들이 전부 바다와 연관된 형태로 그리움을 자아내곤 했다. 평소에 가까이 두진 않았더라도 한편으론 공존하길 바라던 것이었을까.

비가 마구 쏟아져 내리던 밤, 시골길을 달리던 작은 버스, 벚나무 아래에 놓인 낡은 벤치, 풀밭이 드리워진 곳에서 올려

다보는 여름 하늘, 불꽃놀이, 연등 축제 같이 말로 설명이 힘든 오묘하고도 애틋하게 느껴지는 장면들은 어째서 바닷가란 단어를 중심으로 연상되곤 했다.

뭐가 그렇게 그립다는 걸까. 망각이 이어지는 동안 그곳은 내게 신비로움이 가득한 곳이었다.

향수

향기가 불러일으키는 기억의 잔재는 시각적인 요소만큼 풍성하게 피어난다. 그래서 나는 여행을 가거나 타지로 떠나게 될 때마다 그 지역에서 사용하고 다닐 향수를 구매한다. 내가 마음에 들어 하던 낯선 향기와 함께 여행길을 나선다. 그리고 다시 집으로 되돌아왔을 때, 나는 그 향수를 그곳의 잔재라고 칭한다. 그 향을 몸에 뿌리면 언제든지 그곳에서의 자잘한 그리움에 젖어 들 수 있을 테니 말이다. 향수(香水)는 향수(鄕愁)를 불러일으킨다.

나의 생일,
당신의 축복

4월 18일, 나는 이날 태어났다. 사계 중에서 포근하다는 단어와 어울리는 시기에, 벚꽃이 거의 다 낙화했을 무렵 세상을 처음 바라보았다. 유년에 대한 기억은 벚나무 아래에서 찍은 내 사진 한 장만으로 어렴풋이 떠올리고 있지만.

한창 고향에서 지내고 있을 무렵엔 생일날에 친구들과 함께 집 근처 포차에서 술을 마시든가 하면서 보냈던 거 같은데, 서울로 올라온 이후부턴 조용한 시간을 홀로 보내곤 한다. 가끔 외로운 기분을 느끼곤 하지만 사무칠 정도는 아니었다. 고향에 내려가 친구들을 만나자니 일찍이 취업한 친구들은 각지로 뿔

뿔이 흩어졌고, 이제는 술을 입에 잘 대지도 않으니 자연스레 고향으로 내려가는 빈도도 줄어들었다.

오랜만에 아침 일찍 일어나 밥솥에 밥을 먼저 안쳐 두고 샤워를 했다. 평소 끼니마다 직접 해 먹는 게 번거로워서 찌개나 탕 같은 걸 한 번에 만든 후 몇 날을 걸쳐가며 먹곤 했다. 그렇지만 오늘은 생일이고 하니 아침밥을 조금은 특별하게 먹고 싶었다. 특별하다는 거, 집에서 엄마가 해 주던 밥을 먹는 일상을 지극히 평범한 모습으로 여겨 왔는데, 혼자 살면서부터 직접 밥을 해 먹는 일은 특별한 일상이 되어 버렸다.

아침부터 분주하게 만들어 볼 음식은 미역국이랑 잡채, 그리고 소고기로 만든 장조림이다. 전날 저녁에 요리할 음식의 재료들을 미리 사 왔었는데, 특히 잡채에 들어가는 재료들은 뭐가 이리 많은지 장바구니에 담긴 채소들을 바라보면서 '손이 참 많이 가는구나' 라고 생각했다. 한 끼 먹는 거 치고 들어가는 비용이 만만치 않으니 생일상을 차려 먹는 일이 당연히 특별하게 여겨질 수밖에 없나 보다.

일단 잡채에 들어갈 당면부터 물에 불려 놓고, 미역국을 끓인 뒤에 장조림을 만들었다. 중간중간 간을 보고 고기랑 메추리알을 집어 먹으면서 혼자 기분이 좋았는지 콧노래를 흥얼거리기도 했다. 본가에서는 식탁 앞으로 내어지는 음식을 맘 편히 먹기만 했는데 엄마는 주방에서 무슨 생각을 하며 음식을 만들었을까. 문득 엄마가 해 준 밥이 생각난다.

모든 음식을 그릇에 옮겨 담고 테이블 위에 올려 두었다. 냉장고에서 얼마 전에 사 온 오징어젓갈과 엄마가 보내 준 김치도 함께 꺼내 먹었다. 소박한 한 상이었지만 든든한 한 끼 식사였다. 힘든 아침이었지만 내심 뿌듯하기도 했다. 엄청 맛있다고는 말 못 하겠는데 핑계를 대자면 같이 먹을 사람이 있었다면 더욱 성심껏 준비했을 거다. 누군가를 위한 상차림은 정성이 들어갈 수밖에 없을 테니까. 엄마가 해 준 밥이 맛있는 이유는 어쩌면 내겐 없는 '위하는 마음'이 가미되었기 때문이 아닐까. 맛이 있고 없고를 떠나서, 그 음식에는 내가 자아내지 못하는 그리움이 담겨 있다.

다 먹고 남겨진 빈 그릇들을 바라보며 작은 한숨을 내쉬었다. 언제 또 다 치우지 하는 막연함과 외출 시작도 전에 망설여지는 피로가 동시에 밀려왔다. 그래도 할 건 해야지. 설거지를 하기 전에 빨랫감들 먼저 세탁기에 넣고 돌렸다. 여느 때처럼 집안일을 해내기 급급한 감이 없지 않아 있지만, 혼자 지내면 당연한 일상이라 어쩔 수 없다. 생일이라고 특별한 무언가를 하려면 이것들을 다 미뤄야 할 테니까.

남는 시간엔 뭘 할까? 볼만한 영화가 상영 중이라면 영화를 보러 가던지 아니면 읽을 만한 책을 사러 서점에 가야겠다. 카카오톡엔 내 생일 알람을 꺼 놨다. 그래서 생일날에 연락이 오는 이들이 많지 않다만, 그런데도 휴대폰 액정에 생일 축하한다는 짤막한 메시지가 몇 개 띄워지곤 했다. 개중에선 전화를 주던 이들도 있었고.

고마움보단 미안한 마음이 더 컸다. 생일 알람 없이도 날짜를 기억하여 연락해 주는 이들은 직접적으로 얼굴을 마주하고 인사 나눴으면 좋았을 텐데 그러지 않으니까. 그럼에도 나를 떠올려 주고 축하해 주던 사람들을 하나씩 세어 보며, 그래도 내가 마냥 무심하게 살지는 않았다는 걸 느꼈다. 그래서 앞으로도 딱 지금처럼만 하자고 다짐했다. 내 편이 되어 주는 모든

사람에게 감사를 표하는 나날들로 채워 가는 게 좋을 것 같다. 이따가 엄마께도 안부 전화를 드려야겠다.

　서로의 안부조차 물어보기 힘들고 지치는 요즘. 그렇게 우리들의 온정이 메마르고 시들어 가는 요즘. 그럼에도 누군가에게 축하한다는 말을 전할 수 있다는 건, 우리의 관계가 현재까지 유효하다는 증거이자, '당신과 나의 관계가 앞으로도 쭉 이어지길 바라요' 같은 다정한 마음이 함께 수반되는 게 아닐까. 그러니 진심으로 축하해 주고 축하를 받는 일들이 많아지는 우리가 되면 좋겠다.

　그리고 그 축하를 받을 수 있게 해 준 우리 엄마에게
　태어난 날을 기념함과 동시에 날 낳아 준 엄마에게
　당신 아들은 나약하지만 늘 잘 이겨 내고 있어요.
　그야 싹을 틔워 내는 4월이잖아요.

　축하드립니다. 나를 낳아 주셔서 고맙습니다.

담백한 바람

종교를 지닌 채로 태어났지만 독실한 신자는 아니다. 기도는 종종 드리지만, 누구보다 간절하지는 않고, 행복하게 살고 싶지만, 그보다는 불행하지 않게 살게 해 달라는 내용이 주를 이루고 있다. 아무런 답신 하나 바라지 않고 그렇게 마음을 적어 보곤 한다. 기도를 드린다고 해서 마음이 편안해진다거나 그런 건 아니다. 남들만큼 간절하지 않아서 그럴까. 하지만 때때로 다른 이들의 삶이 평온하길 바라는 경우가 있는데, 그때만큼은 남들 못지않게 절실해진다. 나를 사랑할 줄 알아야 타인을 사랑할 줄도 안다는데, 나는 '타인을 사랑하다 보니 나를 사랑하게 되었다'라는 말이 더 잘 어울리는 걸지도 모르겠다. 내 하루가 조금 불행했다면 다른 무언가를 탓하거나 미워할 법도 한데, 나는 표현하는 법 하나 제대로 연습해 본 적이 없으니 마냥 어설프기만 한 것 같다.

　미워하는 것이 어설픈 만큼, 사랑하는 것도 그랬다. 나를 사랑한 적이 없고 사랑할 줄도 모르지만, 적어도 지켜 낼 줄은 알아야 한다고 생각했다. 끽해야 그날 느꼈던 감정을 일기에 적고 찢어 버리는 게 전부였지만 말이다. 비워 내고 지워 내는 나름의 방법이라면 방법이었다. 그래도 옛날 일기장을 펼치는 걸 그다지 좋아하진 않는다. 너무 서툴렀고 부끄럽고 보잘것없는 한때의 내 삶이 꽤 안쓰럽기는 하나 그래도 그런 과정이 있었으니 오늘의 내가 존재하는 것이라고 감사히 여겨본다.

　지금은 일기를 쓰지 않는다. 마지막으로 펜을 잡아 본 지가 꽤 지난 것 같은데, 요새 예전 같지 않게 그것이 귀찮다며 이불 속에서 뒹굴뒹굴하다 잠에 드는 느슨한 일상을 보내고 있다. 그래도 썩 나쁘진 않다. 크게 상처를 받을 일이 잘 없다는 뜻이기도 할 테니까. 오늘 하루가 덧없이 흘러갔다면 안도의 한숨 한 번 내쉬고, 그렇지 못한 하루를 보냈다면 내일은 상대적으로 좀 더 나은 하루가 되겠다고 중얼거리는 요즘을 보낸다. 그러한 생각으로 이전의 미숙함에서 약간이나마 벗어나길 바라곤 했다.

가끔은 타인을 위해 기도드린다. "나는 너무 잘 지내지만 내가 아끼는 사람들은 그게 아닌가 봐요. 그들을 지켜 주세요"라고. 그냥저냥 좋은 건 많이 기억하고 아닌 건 흘려보낸다. 내일에 덤덤하고 남 일에 기뻐한다. 나는 나를 사랑할 줄 모르지만 타인을 위할 줄은 안다. 딱히 그게 불행히 여겨지지는 않는다. 그리고 되도록 앞으로도 타인을 미워할 생각은 하지 않기로 하자. 누굴 지정하지도 말고 탓하지도 말고, 그냥 '그런 하루가 있을 수도 있는 거지'라고 가볍게 흘려보내는 무던한 사람으로 남는 게, 나를 위해서도 그를 위해서도 앞으로도 좋을 것 같으니.

새겨지는 것들

피부에 난 상처는 '생기는 것'이지만, 마음에 난 상처는 '새겨지는 것'이다. 때가 되면 온전히 재생되는 피부와 달리 한 번 마음에 상처를 입으면 평생을 짊어져야 할 삶의 무게로 더해진다. 아무는 게 아니다. 각인되는 것이다.

언제였나 집에서 가위로 손을 자른 적이 있었다. 깊게 베였는지 꽤 많은 피가 흘러내리는데도 통증이 느껴지지 않았다. 통각에 무딘 편이라 그런 걸 수도 있고, 원체 작은 실수들을 대수롭지 않게 여기곤 하는 그런 미련한 습관이 몸에 배서 그럴 수도 있다.

‘어차피 나을 텐데 뭐.’

아무는 데 그리 오랜 시간이 걸리는 것도 아니고 말이지. 차라리 드러난 상처라서 다행이야. 마음을 다치는 일이었다면 또 어땠을지 모르니까. 만약 그랬다면 당시의 아픔을 지금까지도 홀로 끌어안고 있었겠지.

내 가슴을 후벼팠던 누군가는 오늘 어떻게 지냈을까. 잊지 못할 몇 마디를 남긴 채 떠나가던 이들은 또 다른 누군가에게 어떤 새로운 상처를 새겨 놓았을까. 간혹 그런 생각에 잠기게 되면, 좋거나 무던한 그날 하루의 기분은 금세 우울로 변질되고 만다. 그러다 옛 기억을 들춰 보게 된다. 그 안에 싫어하는 사람들은 이미 떠나고 없다. 상처받고 멍하니 서 있는 나 자신만이 덩그러니 놓여 있을 뿐이었다. 위로해 주고 싶다. 지금의 나라면 당시의 나에게 어떤 말을 건네줄 수 있을까.

우리는 각자 자신을 애틋하게 생각했으면 좋겠다. 세월을 항해하며 마주하는 모든 파도가 단 한 번도 같을 수 없고, 매일 잠잠할 거란 기대 또한 할 수 없다는 것 역시 어쩔 수 없지만, 그럼에도 할 수 있는 건 그 모든 과정이 내겐 눈부신 나날의 일부라고 여겨보는 것이다. 그러니 서서히 떠오르고 침잠되는 순간마저도 우리는 그 모든 것들을 사랑해야지. 괜찮다. 자연스러운 거고 당연한 거다. 견디느라 많이 힘들었겠다. 잘 이겨 낼거다. 저마다의 아픔 없는 사람이 어디 있겠으며, 또 아픔에 척도라는 게 어디 있겠느냐. 그 형태가 어떠한들 누구도 감히 나서서 남에게 가타부타할 자격은 없다. 나도 그렇고 당신들도 그렇고 지금처럼 잘 지내 주기만 하면 된다. 그걸로 충분하다고 말해 본다. 상처들이 이따금 튀어나오면 어떠하리. 그렇게 위로해 주는 사람들 덕분에 나는 각인된 상처를 또다시 덮어 낼수 있게 되는데.

나는 언제부터 다정한 사람이 되고 싶다고 생각했을까. 부단히 노력하고 있지만 여전히 어려운 일이다. 모두에게 다정한 사람으로 남고 싶은 마음은 진작에 내려놓았다. 내 그릇에 맞는 다짐을 하기로 했다. 지금은 내게 그리 말해 주는 사람들만을 위해서 그대들의 편에 설 줄 아는 사람이 되고 싶다고 소원한다. 평생 아물지 않는 각인된 상처를 함께 덮어 줄 수 있는 내가 된다면 그 이상 바랄 게 없을 것 같다.

혹시 누군가 내게 감히 당신에 대한 주관적인 표현을 날카로운 형태로 드러낸다면, 나 또한 그 사람에게 가위의 날붙이 같은 마음을 들이밀기로 했다. 당신이 상처받기 전, 당신이 모르고 있는 동안 나는 어디선가 지켜 내고 있을 거다.

흘러가는 대로

계절도 사람도 무엇하나 유예할 수 없는 삶이라서, 그리움이라는 감정만큼은 마음속에 영유하고 싶은 게 아닐까. 흘러가는 것들을 그저 바라보고 추억해야만 한다니 마냥 매일과 이별하고 있는 것 같다.

따스한 물방울

후드득 후드득

천장 위로 빗방울이 부딪치는 소리가 들려온다.

나는 멍하니 책상에 앉아 창밖으로 시선을 옮겼다. 빗줄기가 창문을 타고 흘러내리고 있는 모습이 보인다. 꽤 강하게 내리는 모양이다. 이 정도 빗줄기라면 봄꽃은 이제 내년을 기약하게 될 것 같다. 일기예보에서도 비 소식을 종종 접할 수 있는 걸 보니 머지않아 여름이 찾아오려나 보다. 봄날의 유약한 꽃잎들을 씻어 내고 나면, 머지않아 자라날 새 잎사귀들의 강인함 속에서 싱그러움을 만끽할 수 있겠다.

비에 젖은 초록 잎이 그렇게나 예뻐 보이던데, 이 익숙한 풍경을 사람들은 어떻게 바라볼지 궁금하다. 빗방울이 잎에 부서지는 모습은 참으로 청초하기 그지없다. 그 모습을 조금 멀리서 바라보면 경쾌하고, 그 경쾌함 속에 귀를 기울이면 투명하고도 맑은 기분을 느낄 수 있다. 회색빛으로 가득한 도심 속에서 이런 마음을 느끼는 사람이 얼마나 있을까. 감상에 젖기 쉬운 계절인데도 유달리 생기가 도는 이유는 이러한 관찰에서부터 오게 되는 게 아닐까.

창문에 맺혀 있는 물방울 속에서 여러 사람을 보았다. 비가 내리는 날에만 문득 떠오르는 이들이 있다. 비를 좋아하거나 닮은 사람. 초록 잎의 싱그러움이 마음에서부터 느껴지는 사람, 혹은 그냥 장마처럼 순식간에 밀려오고 헤어짐을 맞이하던 보고 싶은 사람들까지.

아, 여름의 초입이라서 그런가. 마음이 조금씩 눅눅해지는 것을 느낀다. 그렇다고 몸이 쳐지는 것은 아니다. 종이가 물을 머금은 듯, 생각은 과거의 기억 속으로 서서히 잠겨 간다. 그들에게 이 소식을 전하고 싶다. 우리가 함께했던 계절이 찾아왔다고. 지금쯤 다들 무얼 하고 있을까. 잘 지내고 있을까. 한때

내 온도를 높여 주었던 그 사람의 오늘이 궁금해진다. 우리가 함께 시간을 보내며 만든 자잘한 추억은 여전히 빗물에 얽힌 채로 눅눅해진 마음을 흠뻑 녹여 내고 있다. 그렇게 따스한 사람들이 빗방울에 섞인 채로 쏟아져 내리고 있다.

네 번째 계절

물방울이 방울지던 하루

생기로웠던
어느 하루

　　　　　　　식물을 키워 보고 싶어서 무화과나무와
마오리 코로키아라는 식물을 집으로 데려왔었다. 한동안 애지
중지 돌보던 무화과나무에서는 이윽고 꽃도 피워 냈다. 그간의
꾸준한 관심 속 드디어 결실하게 된 모습에 얼마나 뿌듯했는지
모른다. 취향에 맞는다면 화분의 개수를 천천히 늘려 나갈 생
각이었는데, 꽃잎이 만개한 걸 보면서 훗날 내 방이 온통 초록
으로 채색된 장면을 상상하기도 했다.

　　그러나 기쁨의 나날도 잠시, 겨울이가 잎을 몽땅 물어 뜯어
버리는 바람에 두 식물은 한날 동시에 죽어 버렸다. 탄생하는
것들에 찬란함을 느끼던 만큼, 죽은 것을 바라볼 땐 허망함으

로 가득했다. 겨울이에게는 뭐라고 하진 않았지만, 내가 자기를 원망스러운 시선으로 바라보는 걸 스스로 느꼈는지, 침대 밑으로 들어가서는 한동안 바깥으로 나오지 않았다. 한숨을 크게 내쉬곤 더 이상 방에서 식물을 키우면 안 되겠다는 생각과 함께 섭섭한 마음으로 화분을 모두 치웠다.

　최근 동네를 어슬렁거리다 보면 꽃집 앞에서 묘종을 바라보는 나를 종종 발견할 수 있었다. 햇살이 강렬한 만큼 무력해져만 가는 육신이 자꾸만 생기를 구걸하던 건 아니었을까. 이전에는 덤덤하게 지낼 수 있었는데, 여름이 무르익어 가는 만큼 작은 잎에 눈길을 주는 횟수가 점점 늘어만 갔다.

　그러던 어느 날 함께 있던 친구에게 이 이야기를 들려주었더니 나를 곧장 꽃집으로 끌고 갔다. 아직 미련이 있는 모양인데, 그렇다면 이번에는 옥상에서 한번 키워 보라면서 말이다.

　유칼립투스, 로즈마리, 몬스테라, 아이비, 천냥금, 그리고 내가 뜯어 먹을 상추를 구매했다. 500원이라는 거스름돈이 나와서, 그걸로 할 수 있는 꽃다발을 주문했다. 신문지에 투박하게 감싸진 채로 내게 내어진 꽃다발. 그래. 나는 이렇게 투박한 아름다움을 더 좋아한다. 꾸밈없이 예쁨을 내보이는 것들에 언제

나 마음이 기울 수 있다면 좋겠다.

집으로 돌아오자마자 꽃다발에 싸여진 꽃부터 화병에 꽂았다. 그 어떤 꾸밈 속에서도 생명이 자리 잡은 모습만큼 예쁜 건 없었다. 화분은 고사하고 꽃병이라도 항상 이렇게 비치해 두고 싶었는데 혹시라도 겨울이가 화병을 엎지르거나 유리가 깨져 다치진 않을까 하는 마음에 늘 그러지 못했다. 이번에도 집으로 향하던 설레는 발걸음 속에 걱정이란 이면이 있었다. 지난날의 과오를 다시 반복하게 되는 건 아닐까 싶었다. 다행히 이제는 꽤 성숙해진 건지, 아니면 내가 싫어하는 행동이 무엇인지 알아차린 건지 자기도 주의하는 모습으로 내 곁에서 꽃을 함께 구경하곤 했다. 나는 겨울이에게 이제는 이런 소소한 시간을 가져도 되겠냐고 물었다.

아침마다 창문을 열면 심어 두었던 묘종들이 제일 먼저 눈에 들어왔다. 옥상 난간 바깥으로부터 고개를 내민 양버즘나무의 잎도 더해지면서 생기를 가득 머금은 옥상이 만들어졌다. 새싹이 바람에 살랑살랑 흔들리는 유약한 모습은 하루의 시작을 산뜻하게 해 주었다. 그 친구가 아니었더라면 나는 계절이 저물어 가는 내내 반복적으로 갈증을 일으켰을지도 모르겠다.

식물들을 키우면서 다시 식물들에 관심이 생기기 시작했다. 요즘은 식물 관련 어플도 많아져서 정보들을 간편하게 얻어 낼 수 있었다. 그러다가 헬레보루스라는 겨울에 꽃이 피는 식물을 알게 되었다. 보자마자 '예쁘다'라는 말이 육성으로 나왔다. 좋아하는 꽃이 하나 더 생길 것만 같다. 당장은 아니지만 나중에 이 꽃도 함께 키우고 싶어졌다. 우둔한 결과에 그치는 게 아니었으면 좋겠다.

초심

       사람도 사랑도 모든 것에 열정적으로 임할 수 있었던 때. 작은 파도 따위에 휘청이고, 무너지고, 슬퍼하더라도 가끔은 행복할 줄도 알았던 때. 손때 묻지 않은 도화지처럼 모든 것이 낯설고 새롭게 느껴지던 때. 동심으로 바라보던 시선과 감정들이 삶에 의해 점차 무뎌져 가고 있는 탓인지, 가슴이 매일 같이 요동치던 그 시절이 간혹 그리워지기도 한다.

잠시 머무르다
내리겠습니다

버스를 타러 나왔다. 제주도의 어느 한적한 길인데도 그 정류장 아래에는 꽤 많은 사람이 모여 있었다. 건장한 성인 남성 두 명과 연인 한 쌍, 그리고 할아버지 한 분과 나 이렇게 총 6명이. 그날은 하늘이 쾌청한 만큼 온도가 뜨겁고 숨이 가빠 오는 한여름의 날씨였다. 바다가 코 앞이라 바람이라도 선선하게 불어오길 바랐는데, 정체된 공기 속의 습한 기운은 되려 나를 불쾌하게 만들었다. 분명 다른 사람들도 같은 기분이었을 거다. 그래서 가방 속에 들어 있던 부채라도 꺼내서 부칠까 했던 마음을 이내 내려놓았다. 괜히 주변에 피해가 갈까 봐 조심스러웠는지도 모르겠다. 내가 편하자고 하는 일이 타인에게 불편함을 줄 수 있다는 작은 염려 때문이다. 지금 같은 날씨엔 더욱 예민하게 작용할 테니까. 그건 싫었다. 굉장히 피곤한 생각이지만 어쩔 수 없나 보다. 차라리 남들이 겪는 상황을 나도 따라서 겪고 있는 게 낫다고 여긴다. 적어도 눈치 보는 일이 습관인 나로서는 그로 인해 욕을 먹는 일도 상대적으로 적어지니 그나마 다행이지 않을까 하며 속을 다스리곤 삼킨다.

버스가 저 멀리서부터 육안으로 보이기 시작했다. 사람들도 하나둘씩 짐을 챙기곤 승차를 준비했다. 이 뜨거운 날씨도 저 버스를 타기만 하면 잠시나마 해소될 것이다. 눈앞으로 버스가 다가왔다. 정류장에 함께 서 있던 사람들 중 할아버지와 나를 제외하곤 모두 올라탔다. 내 옆에 서 계시던 할아버지께서는 내 눈을 바라보며 오를까 말까 한참을 머뭇거리고 계셨다.

"먼저 타세요, 어르신."

나는 마지막에 탈 생각으로 할아버지께 말씀을 건네드리고 뒤로 살짝 물러났다.

"고맙습니다."

그렇게 웃으시고는 머리에 쓰고 계셨던 모자를 벗은 뒤, 뒤통수가 보일 정도로 고개를 푹 숙이며 인사하시는 모습을 보았다. 할아버지는 곧 버스에 올라타시곤 사람들 사이로 사라지셨다. 기분이 이상했다. 기쁘기도 했고 조금 먹먹하기도 했다. 감정이 서서히 벅차 말문이 막혔다. 마음이 그 어느 때보다 가볍고 산뜻해졌다.

승객들로 북적이는 이 작은 공간은 몇 정거장을 지나고 나서야 하나둘씩 자리가 생기기 시작했다. 맨 뒤에 있는 좌석이 시야에 들어오면서부턴 주위를 둘러보았다. 하지만 좌석 어디에도 그 할아버지의 모습은 보이지 않았다. 내리시는 모습이라도 봤으면 좋았을 텐데. 버스 맨 앞 좌석에 앉아 창밖을 바라보았다. 푸른 하늘과 녹음이 짙은 풀숲 사이를 오가는 버스 한 대. 완연한 여름 길을 지나며 하루하루 계절이 익어 가는 것을 느껴보았다. 불쾌지수가 더해지는 지금의 계절인 만큼, 누군가와 눈을 마주치는 것도, 부딪히고 부대끼는 일도 없길 바라곤 했다. 너무 예민하게 구는 건가 싶다가도 이게 내가 지닌 지금의 그릇이니 어쩔 수 없다고 치부하기도 했다.

　사람을 좋아하면서도 사람을 싫어한다. 깊이 있는 관계를
선호하지만, 너무 깊어지지 않길 바라는 모순을 지녔다. 그 모
든 생각은 어쩌면 내 하루하루가 팽배함에 지배당해 왔기 때문
인 것은 아니었을까. 선함에서 비롯된 행동이 선함으로 이어지
지 못한 결과들의 응축물이 되어 버린 걸까.
　그 할아버지의 겸공함을 평생 잊지 못할 것이다. 모두가 그
런 다정함을 통용할 순 없겠지만 적어도 내 주위 사람들은 그렇
게 서로를 연결했으면 좋겠다. 배울 수 있는 어른이란 저런 마
음을 지닌 것부터 시작이겠지. 고개를 숙이는 일은 결코 쉬운
일이 아님을 알기에 그런 따뜻한 마음을 정중하게 존경한다.
더구나 웃어른이 아랫사람에게 그럴 수 있다는 건 말이다. 생
각이 깊어져만 갔다.
　눈물이 살짝 흘렀고, 내려야 할 정류장도 지나친 채 그냥 창
밖의 풍경만 바라보고 있었다.

숲

　　　　내가 내다보는 숲까지의 거리가 이성의
형태로 이어져 있다면, 그 사이를 거쳐야 하는 나무에겐 늘 감
정의 형태로 남았으면 좋겠다. 굳은 계획들을 그려 나가면서도
마음은 언제나 추상적이고 엉뚱한 생각들로 채우고 싶다. '만약
에'라는 말로 시작하는 대화들이 언제나 즐거웠으면 좋겠다. 당
장 피어 있던 꽃잎이 추락한다고 해서 아쉬워하기보단, 다가올
꽃의 순서를 기다리면서 실없는 얘깃거리들을 꺼내어 웃고 떠
들 수 있는 사람이고 싶다. 삶의 작은 행복을 위해서도 맞지만,
설령 그보다 못하더라도 조금은 덜 불행하길 바라는 거다.

오늘은 누구랑
비를 보고 계신가요

직장을 다닐 무렵, 유일하게 나와 친구처럼 지내 준 팀장님이 계셨다. 친분이 생긴 이유는 직속상관이었던 점도 물론 있겠지만 그보단 비가 내려서였다.

점심엔 보통 혼자서 시간을 보냈다. 누군가 말을 걸어 주는 것도 아니었고, 그렇다고 무리에 먼저 끼고 싶어 하지도 않았다. 그저 조용하게 흘러가는 나날들을 좋아했다. 언제였나 비가 내리는 날이었다. 여느 때처럼 홀로 점심을 먹은 후, 창가로 가서 창문을 타고 흘러내리는 물줄기를 멍하니 바라보고 있었다. 그러던 중 누군가 내 옆으로 다가오더니, 자기도 멍하니 창밖을 바라보기 시작했다. 팀장님이었다.

"비 보는 거 좋아해요?"

한동안의 정적을 깨고, 내게 비를 좋아하냐고 물었다. 그에 반응해 나는 특히나 회색빛 세상이 마음에 든다고. 차분하면서도 묵직한 느낌이 참 안정적으로 느껴진다고 대답했다.

"딱 정영 씨네."

팀장님은 내게 그렇게 말씀하시고 손에 쥐어진 캔 커피 하나를 건네주었다.

"정영 씨 주려고 사 왔어요. 점심에 항상 혼자 있더라고. 이거라도 좀 마시면서 쉬어요."

자기도 비를 좋아한댔다. 맑은 날은 오히려 우울하다고, 비가 내려야지 누군가한테 말 한마디라도 걸어 볼 기운이 생긴다고 했다. 나도 그런 사람인지라 그 말에 크게 공감했다. 그날 이후부터 우리는 비가 내리는 날에 같이 음료를 마시면서 창밖을 바라보는 소소한 낙을 함께해 왔다.

그렇게 반년이 조금 넘게 흘렀다. 퇴사를 앞 둔 어느 날 또다시 비가 내렸다.

"다음 주에 퇴사네요."

여느 때처럼 나와 함께 비를 바라보던 팀장님께서 먼저 말씀하셨다.

"네…"

조금 죄송스러운 말투로 대답했다.

"정영 씨 나가면 난 이제 누구랑 비 구경하지?"

어려운 질문이었다.

이래저래 사교성도 좋아 보이고 두루두루 잘 지내시는 거 같은데 아무나 데려와서 같이 보라고 말하고 싶었지만 침묵하기로 했다.

이제 막 적응해 나가려던 찰나에 그만둬야 했으니 내심 아쉬운 마음은 있었다. 지금 생각해 보니 내겐 비전이라곤 전혀 없는 그곳에서 아쉬움을 느낀 건, 어쩌면 팀장님이 계셔서였을지도 모르겠다.

"나는 정영 씨 보는 재미로 잘 지내 왔어요. 건실한 사람을 좋아하거든. 조용하면서 발랄한 면도 있고, 가끔 고장 나긴 해도 자기 할 일 열심히 하는 모습이 참 멋지더라고. 그래서 친하게 지내고 싶었어요."

울림이 참 좋은 말이었다. 고마웠다.

"누구와 친하게 지내는 일이 계약직인 저로선 상당히 부담일 거라고 굳게 믿어 왔는데, 그래도 팀장님을 만나서 참 다행이었어요. 생각을 조금 바꿔 보게 된 것 같아요. 그동안 정말 감사했습니다."

나는 허리를 푹 숙인 채로 그에게 정중히 인사를 건네드리고, 그가 내민 손을 잡아 마지막 악수를 나눴다.

"아쉽지만 가야 한다니 어쩔 수 없지. 정영 씨도 이제는 새로운 꿈 개척해 나가는 재미로 살아요. 그동안 나랑 같이 놀아 줘서 고마웠어요. 그립겠네."

그 말을 마지막으로 나는 회사를 그만뒀다. 지금처럼 혼자 지내다 보면 다정함이 느껴지는 그의 몇 마디가 은연중에 생각난다. 오늘이 그랬다.

최 팀장님, 오늘은 비가 많이 내린 하루였습니다. 당신도 나처럼 어딘가에서 비를 바라보고 있었을까요. 이런 날엔 그날의 기억들이 종종 떠오릅니다. 무탈하신지요. 인연이 된다면 우리가 언제 다시 만나게 되는 날이 있겠지요. 그날도 비가 오면 좋겠습니다. 그때는 제가 커피를 건네드릴게요. '나에게 뜨거운 물을 많이 마시라고 말해 준 사람은 모두 보고 싶은 사람이 되었다'라는 박준 시인의 문장처럼, 어느 날 당신도 내게 그런 사람이 되어 있었나 봅니다. 늘 행복과 건강을 바랍니다.

사랑은
비가 갠 뒤처럼

       소나기가 이 땅 위에 퍼붓듯이 쏟아지더니, 언제 그랬냐는 듯 하늘엔 뭉게구름들이 둥실둥실 떠 있다. 사랑은 비가 갠 뒤처럼. 오늘 누가 내게 와 주었으면 좋겠다.

재입고

7월의 초입을 들어서자 집안이 많이 더워졌다. 창문을 타고 들려오던 매미 우는 소리. 이제는 완연한 여름이라고 말할 수 있겠다. 날씨는 푹푹 찌고 몸도 마음도 늘어져만 가는 그런 보통의 여름 날씨다. 하늘은 청명한데 몸은 익어가기 직전이다. 어쩌면 파란색은 뜨거운 색깔인 게 아닐까.

호흡이 갑갑해진 만큼 내 방을 정돈하는 시간이 필요할 것 같다. 편안하자고 꾸린 공간인데 덥고 정신없다는 이유로 잘 지내지 못하면 어떡하나 싶었다. 뭐부터 하면 좋을까. 침대 밑에 세워 놓은 옷장을 바라보았다. 한쪽 구석에 여전히 자리 잡은 겨울옷 여러 벌. 아직도 같은 곳에 머물고 있었구나. 내가 게으른 탓이라고 수긍해야 할지, 아니면 지나간 계절을 붙잡기라도 하고 싶어 가만히 놔둔 거라는 핑계를 댈지. 아무렴 후자는 억지 같았다. 그래서 이왕 정리 좀 하기로 마음먹었으니, 지나간 계절 동안 입었던 옷을 상자에 담아 보관하기로 했다. 옷장에 걸려 있던 옷 중에선 얼마 전까지만 해도 꾸준히 꺼내 입던 옷들이었는데 지금 입기엔 적절하지 않겠지. 분명 숨이 막힐 거야. 환절기나 간절기 때에는 밤마다 입고 다니던 가디건도 이제는 잠시 넣어 둬야겠구나. 제멋대로 오락가락하던 기온처럼 마음도 크고 작게 일렁이곤 했었는데 이제는 제법 한결같은 마음이 이어진다.

옷걸이에 걸린 옷가지를 하나씩 꺼내 상자 안에 포개 놓았다. 보관할 만한 공간이 넉넉하지 않아 항상 어디에다 두면 좋을지 고민하게 된다. 적어도 내가 생각을 비울 작은 공간 정도는 남겨 놓아야 할 텐데.

옷장엔 다시 여름에 입을 만한 반소매 티와 셔츠들을 나열했다. 대충 훑어만 봐도 '아, 여름이구나' 싶은 그런 분위기를 풍겼으면 좋겠지만, 무채색 계열의 옷이 대부분이다 보니 청량함과는 조금 거리가 있는 것 같다. 하지만 여름이 꼭 청량할 필요는 없지. 나는 여름철 장마를 좋아하니까 흰색, 검은색, 회색 같은 계열의 옷들도 여름의 색깔이라 할 수 있겠지.

올여름엔 비가 많이 내릴 거라는 소식이 분분하다. 정말 그랬으면 좋겠다. 잠시 내리다 소강하는 비 말고 몇 날 며칠 쭉 이어지는 그런 비. 분명 대부분의 사람들은 싫어하겠지. 그래도 나는 그러는 쪽이 좋겠다. 흐리고 축축한 나날 속에서 감상에 젖으며 관조하는 시간을 갖고 싶다. 하물며 해방을 느낄 수도 있겠지.

옷장을 정리한 뒤엔 먹고 마실 식재료도 줄여 나가야겠다. 냉장고엔 아직 유통기한을 넘긴 식품들은 없지만, 혹시 모르니 탈 나기 전에 열심히 먹자. 여름철에 얼려 먹을 수 있는 블루베리나 딸기, 복숭아 같은 과일들도 쟁여 놓아야겠다. 여름의 설렘이려나. 그런 걸 먹어가면서 여름 동안은 마음이 냉정했으면 좋겠다.

여름밤

하늘이 어둠으로 드리워질 무렵, 미미한 열기를 띤 바람이 내게로 불어온다. 그것은 분명 수줍음에 의해 볼이 발갛게 달아올랐을 때와도 같은 온도, 노을의 형태와는 다른 사랑의 끓는점이었다. 아스팔트 지면을 뜨겁게 달구던 대낮의 열기는 어딘가를 정신없이 오가던 사람들의 발걸음과 함께 온데간데없이 사라지고, 이제는 설렘으로 가득 채워지는 고요함 속에 산뜻함이 녹아나던 여름밤. 그 이면적인 모습은 우리가 사랑을 나누기 좋은 시간이 아닐까 생각해 본다.

해가 저무는 동안 적요하게 식어 가는 공기가 좋다. 부드럽게 흘러가는 구름을 따라 자전거 페달을 밟는 사람들의 모습도, 떠나가는 새들의 비행 아래에서 맥주 한 캔과 함께 휴식을 즐기는 사람들의 모습도. 그리고 무덥게 흘러간 내 하루의 안부를 물어봐 주는 당신의 말 한마디를 포함한 그 모든 것들이 상냥함을 담아 내게로 불어온다.

등허리를 타고 흘러내리는 땀방울은 마치 풀잎에 맺힌 이슬방울의 싱그러움을 닮았다. 그것이 이윽고 옷자락을 적시게 되는 것처럼, 서로의 마음에도 사랑이란 이름으로 서서히 적실 수 있으니 말이다. 더운 기색은 역력하지만, 사랑을 표현하기엔 충만한 온도지 않을까.

불어오는 바람이 수줍음을 싣고 오는 그런 밤. 빗물에 젖은 땅이 서서히 말라감과 동시에 스멀스멀 피어오르는 비릿한 흙냄새와 당신의 체취가 적당히 뒤섞인 채로 내 코끝을 감도는 그런 밤. 발을 맞추고 적당히 땀 흘려 가며 서로의 말씨를 함께 나눌 수 있는 그런 밤은 내겐 말할 수 없는 기쁨으로 가득 채워질 것이다.

그러니 서로가 마주 잡은 손에만 의존하며 목적지 없이 걸어보는 이 길 위에서 눈을 마주 보며 사랑을 속삭이자. 수줍음을 용기 내어 볼 테니, 우리는 같이 이 밤을 애열하자.

나의 부재를
알아주는 사람

       교복을 벗고 성인으로 향하는 첫걸음은 설렘으로 가득했다. 나에게 스무 살이란 어떤 의미로 남겨졌을까. 그동안 해 오던 것과는 전혀 다른 세상의 결을 경험하게 되는 나이. 늦은 밤까지 누릴 수 있는 것들이 이렇게나 다양했다는 걸 피부로 직접 느껴보는 나이. 지갑 속에서 신분증을 꺼내는 일은 왜 그렇게 즐거웠고, 또 만나는 사람들 앞에선 왜 그렇게 마음이 들먹거리곤 했었을까. 모든 것이 새로워서 그 어느 때보다 특별했기에 기억 속에 오래 간직하고픈 소중한 시간으로 남아 있는 걸 수도 있겠다. 그러나 좋았던 만큼이나 아픔에 대한 기억이 선명히 떠오른다. 어쩌면 그 통증이 있었기에 귀

한 인연과 닿을 수 있던 건지도 모르겠다.

아무런 연고도 없는 지역에 홀로 상경하여, 남들보다 몇 페이지 일찍 시작하고자 하던 어리석고 성급한 마음은 이내 나를 번뇌 속에서 허우적거리게 했고, 그 강박적인 사고방식을 알약 몇 알로 달래어 보기도 했다. 내가 중요하게 여기던 본질과의 거리는 서서히 멀어져만 갔고, 여유가 몸에 배어 있는 사람들을 볼 때마다 시기했으며, 그들을 집요하게 증오하는 내 추악함에 이성을 잡아먹혔다.

타인에겐 억지웃음으로 나를 숨기는 것이 습관이었고, 집에 돌아와선 단 하루도 거르지 않고 눈물로 고요히 밤을 달랬다. 남들은 다 이겨 낼 수 있는 정도의 가벼운 아픔이었을지도 모르겠지만, 나는 그걸 쉽게 이겨 내지 못했다. 남들 다 똑같이 살아가는 세상에서 나만 나약하다고 생각했다. 그 생각은 자기혐오로 이어졌고, 병세를 호전시킬 방도는 없었다.

수더분한 삶을 살고 싶은 소박한 꿈이 있었지만, 시간이 흘러가면서 그마저도 하염없이 짓밟히는 기분이었다. 아무것도 하고 싶지 않았지만, 그럼에도 돈이 필요했기에 일해야만 했다. 끽해야 용돈벌이 정도일 뿐이었지만, 그거라도 주머니 속에 있어야 했다. 마침 대학가 인근에서 거주하고 있던 터라 다행히 일자리는 많았다. 나는 어쩌다 신촌에 있는 한 선술집에서 아르바이트를 하게 되었다. 주간엔 수업을 들어야 하니 야간에 일할 수 있는 곳이어야 하기도 했고, 그 선택이 결국 현재의 나를 만들어 준 계기가 되었기에 나에게 있어선 천운과도 같았다. 말하지 않아도 곪은 내 마음을 헤아리고 위로해 주던 한 사람을 그곳에서 발견했기 때문이었다.

그 당시의 나는 타인을 진심보단 가식에 가까운 태도로 대하고 있었으나, 그 사람한테만큼은 진심에 가까운 모습을 보였다. 몇 살 차이 나지 않았음에도 불구하고, 보통의 사람들보다 성숙한 마음을 지닌 사람이었다. 그는 늘 내 아픔을 대신해 울어 주었고, 온전히 내 입장을 헤아려 주고 한 인격으로서 존중해 주었다. 누군가는 내 상황을 별거 아니라며 무심하게 여기고 때론 질타하기도 했지만, 그 사람은 항상 내게 진정성을 부여해 주었고, 부드러운 음성으로 앞날을 응원해 주었다. 그곳은 일터였다기보단 숨을 돌리러 가는 곳이라는 표현이 더 와닿을 것 같다.

그렇게 반년이 지났다. 나는 대학교를 한 학기 마치고 결국 자퇴했다. 힘들어서 그랬던 것은 아니다. 학업은 내게 의구심만 늘려 줄 뿐이었고, 그렇다고 그곳이 내게 비전을 심어 주는 계기가 되는 것도 아니었다. 그래도 경험은 해 봤으니까 이제 됐다는 생각으로 홀가분하게 그만두었다.

그러면서 아르바이트도 함께 정리했다. 그 안에서 만난 사람들과 동고동락 어울리면서 이따금 새벽에 드라이브도 하고, 자주 만나 술도 마시고, 오락실도 가고 볼링도 치던 작은 추억들만 남긴 채, 국방부에 입영신청서를 넣었다. 생각을 정리할 시간이 필요했다. 그래도 잘 지낼 수 있을 거란 자신감이 있었다. 모든 짐을 챙기고 고향으로 내려가기 전, 마지막으로 그 사람과 만나 대화를 나누었다.

"앞으로도 함께하고 싶은 마음은 굴뚝 같지만, 그것은 한자리에 머무는 것밖에 되지 않을 거야. 저마다 나아가야 할 길이란 것이 있잖아. 나는 네가 선택하는 향후의 모든 결정을 존중해. 우리 한 걸음씩 정진해 나가자. 몸 건강히 잘 다녀와라."

오랜 시간을 알고 지낸 사이가 아니었음에도 불구하고, 군 복무 중에도, 전역한 이후 잠시 고향에서 살고 있던 시기에도 때마다 잘 지내냐며 꾸준히 안부를 물어 주던 참 고마운 사람. 그로부터 5년이라는 시간이 흘렀고, 그 사람은 지금 한 가게를 운영하는 사장님으로 지내고 있다.

어느 날 그 사람으로부터 연락이 왔다.

"요즘 잘 지내? 별일 없지? 오늘 가게 마감 일찍 할 테니까, 내 가게에 와서 둘이 오붓하게 한잔하자. 고기 맛있는 걸로 준비해 놓을게."

그 사람은 오늘날까지도 변함없이 나를 소중히 대해 주고 있었다. 아니, 만물을 소중히 대한다. 여전히 자신의 이익보다 타인의 행복을 조금 더 중요시하는 사람이었기에, 나 또한 그런 그의 모습을 존경하고 또 닮아 가고 싶었다.

그 사람은 나에게 많은 것을 일깨워 주었다. 열등감과 우월감에 짓눌린 채로 살아가는 이들의 어리석음과 배타적인 마음에 현혹되지 말 것. 상대와 나를 비교하고 험담하지 말 것. 겉만 보고 판단하는 것이 아니라 보이는 것 너머 내면에 숨어 있는 진실을 찾아내려 노력할 것. 고정된 사고방식으로 내가 정해 놓은 틀 안에만 갇혀 살지 말 것. 같은 시간을 살아가는 데에 있어서 타인을 배제하고 시기와 질투로 녹여 내는 시간보다 서로를 보듬어 주고 사랑으로 채워 가는 시간을 더 많이 가질 것. 내게 지켜나가야 할 약속을 제시해 준 참 고마운 사람. 당신 덕분에 나는 오늘도 웃을 수 있었다고. 그가 웃어 주니 눈물이 났다.

"지금 네 모습 보니까 형 기분 좋네."

그 사소한 한마디는 나를 향한 응원이었고 위로였으며 앞으로도 행복해야 할 이유였다.

예쁨을 발음하던 자리

지인들끼리 모여 술자리를 가지다 보면, 간혹 어느 시점부터 서로의 이상형에 대한 주제로 넘어가는 상황들이 생기곤 했다. 나는 그 시점을 조금 껄끄럽고 난감하게 받아들이곤 했다. 머리로는 어느 정도 그러려니 하지만 마음은 불편한 쪽이었나 보다. 딱히 정해져 있는 취향이라 할 만한 것도 없고 타인에게 그러한 사실을 발설한다는 것이 마냥 낯부끄럽기만 했다. 주변에 있던 다른 손님들이 들으면 어쩌나 싶어 얼굴이 화끈거렸다. 일행들은 말 그대로 이상형이니까 그냥 편하게 말해 보라고들 이야기하지만, 미간에 주름이 잡힐 뿐이었다. 그러다 보니 굳이 대답하지 않았으면 하는 부분에선 끝까지 입을 다물고 있던지, 자리를 피하던지 상황을 봐 가면서 행동하게 되었다.

하지만 그럴 때마다 갑갑하게 굴기만 하는 나 자신은 또 싫어서 몇 번은 이상형에 대해 곰곰이 생각해 보려고 한 적도 있었다. 그러나 그 당시는 내가 뭘 좋아하는지도 잘 모르던 때였고 타인에게서 바라는 점만 찾으려고 했으니, '음~' 다음으로 이어질 만한 말은 몇 날 며칠이 지나도 공백일 수밖에 없었다.

그러면서부터 술은 자연스레 혼자서 마시는 걸 선호하게 되었다. 애당초 타인에게 내 이야기를 하는 편도 아니었고, 일회적인 주제에 흥미를 느끼는 것도 아니었으니, 차라리 혼자서 시간을 보내고 일찍 마치는 편이 내겐 가장 좋은 방법이었다.

간섭이 없는 시간은 늘 평온했다. 여전히 타인과 술자리를 갖는 날이 드문 편이지만 외롭지는 않았다. 아직은 혼자만의 시간도 충만하게 보내고 있다. 종종 찾아가는 집 앞 조용한 단골 가게에서 한두 잔씩 마시고 돌아오자는 생각이 내게 적잖은 설렘이었다.

언제였나, 하루는 또 그런 생각을 하며 가게를 방문했다. 여느 때와 다를 바 없이 나는 구석에 있는 작은 테이블에 앉아 음식을 주문하고 조용히 술을 마시고 있었다. 그러다 문득 주변에 있던 어떤 커플 한 쌍의 대화가 귀에 흘러들어 왔다. 의도적으로 엿들을 생각은 아니었지만, 둘 사이를 오가는 대화의 흐름이 너무나도 부드러워서 자꾸만 듣고 싶어졌다. 강하지 않은 어조로 서로를 치켜세우며 대화를 나누고 있다는 사실이 나를 즐겁게 했다.

순간 이상형이라는 단어가 머릿속에 번쩍 떠올랐다. 어쩌면 나는 말이 부드러운 사람을 좋아하는 걸 수도 있겠다고 중얼거렸다. 굳이 외적인 특징을 설명하라고 한다면 이제는 입술이라고 대답하려고 한다. 정확히는 예쁨을 발음하는 사람의 입술을 좋아한다고 말하기로 했다. 평소에 자주 입 앞으로 옮기는 단어엔 어떠한 울림이 있는지, 어떠한 온기를 실어 내는지. 그 사람이 지닌 마음의 모양을 열리고 닫히는 입술의 불규칙한 리듬을 통해 알아 가기로 했다.

입술로 발음하는 단어들이 예쁠수록 좋다. 그런 단어들로 오갈 수 있는 대화가 좋다. 표현이 투박스럽고 서툴게 보이더라도 상관없다. 그 모양이 어떻든, 진심이 담긴 말들을 수집하고 건네주는 걸 좋아하는 사람을 좋아하고 싶다.

즐거운 대화를 나누던 커플은 자리를 뜨고, 나는 그 두 사람이 남겨 두고 간 테이블 위를 바라보고 있었다. 발음이 예쁨으로 오가던 자리. 다음엔 저 자리에 앉아야겠다고 생각했다.

이해

　　　　　　　이해한다는 거, 어쩌면 굉장히 조심스러
운 말이다. 우리는 결코 타인의 생각을 읽을 수 없다. 타인을
알아 가는 과정은 새벽녘의 안개비와도 같다. 굉장히 촘촘하고
느리고 깊게 젖어 들어야 하는 것이다. 개입하는 게 아닌, 내가
그 안에 머무르는 것. 그것은 당신으로 스며드는 일이다. 눈으
로 보고 마음으로 읽는 것이다. 그 사람의 하나를 보면 그 하나
만 알고 있는 것이다. 그것이 이해의 첫걸음 아닐까. 관계를 소
중히 여긴다면 함부로 추측하고 생각하는 것에 그치지 말아야
한다. 관계란, 관찰을 계속해 나간다는 뜻일 테니.

헌 책

새로운 물건을 사기 전에 따져 보는 것들이 있다. 가격대는 어떠한지, 가격에 합당한 성능을 보여 주는지, 내구성은 어떻고 얼마나 실용적으로 사용할 수 있을지를 하나하나 생각해 본 뒤, 메모장에 골라 놓은 물건 중에서 또 무엇이 가장 내 생각에 부합하는지 한 번 더 비교해 본 다음에서야 비로소 구매하기를 누르게 된다. 이것저것 따져 가며 쇼핑하는 게 꽤나 귀찮게 여겨질 수도 있겠지만, 나는 이러한 과정을 시간 가는 줄도 모른 채 즐기곤 한다. 중고 물건을 판매하는 경우는 있지만, 사들이는 경우는 거의 없다. 있더라도 구제 옷 몇 벌 사 입는 거 빼고, 최소한 전자제품을 찾아보는 경우는 아예 없다.

늘상 보면 나는 신제품으로 구매하곤 한다. 카메라를 구입하려 했을 때도, 내가 이것을 얼마나 오랫동안 사용할 거라고 장담하지 못했음에도 기어이 신제품으로 구매했다. 누군가가 사용했던 물건을 다시 쓰는 것이 찜찜해서라기보단 개봉하는 순간부터의 설렘이 추억으로 쌓여 가길 원해서라고 할까.

그렇지만 책은 조금 다르다. 전자제품은 낡을수록 고물이 되어 가지만, 책은 낡을수록 하나의 삶으로 그려져 간다. 새 책을 소장하는 것은 내게 한 가지 취미일 수 있으나, 헌책을 수집하는 것 또한 작은 감동으로 다가온다.

처음 헌책을 접했던 건 대전 원동에 있는 작은 책방에서였다. 문 너머로 들어서자마자 코끝을 자극하던 퀴퀴한 냄새는 내가 경험해 보지 못한 이전 세대의 삶이 직접 마중 나와 주는 듯한 장면을 연상케 했다. 대형서점에 진열된 도서들처럼 카테고리별로 분류는 되어 있지만, 구체적으로 정해진 형식 따위는 없었고, 독립서점처럼 규모는 작지만, 점주의 취향대로 채워져 있는 것은 아니었다. 그저 예스럽게 낡아 가고 있는 무수한 책들이 즐비해 있을 뿐이었다. 그래서 마음에 들었다. 어쩌면 이러한 모습을 두고 가장 자유분방하다고 말할 수 있는 게 아닐까 싶다.

진열된 책 중에서도 세월의 흔적이 진하게 묻어난 것이면 더욱 좋았다. 낡은 종잇장을 넘길 때마다 피어나는 특유의 묵은 냄새는 현 시간대를 벗어나, 과거의 시간대에 머물게 해 주는 듯한 기분을 느끼게 해 주었다. 그리고 그 안에서 사람의 흔적을 발견하면, 나는 그 페이지 속에서 오래 머물곤 했다. 잉크 자국은 아니지만 옅게 그을린 손때 자국이 어떤 글자 위에 묻어 있다. 누군가의 삶을 거쳐 간 거무스름한 흔적. 그 사람은 이 단어가 마음에 들었던 것이었을까. 슬며시 그 글자에 검지손가락을 가져다 댔다. 내가 문장을 읽고 느낀 감정을 또 다른 누군가도 같은 마음으로 느꼈을까. 얼굴도 모르는 이가 두고 간 마음을 들여다본다. 그이가 좋아하는 글자를 입 밖으로 발음해 보고 또 나도 좋아해 본다. 누군가가 서 있던 이 자리에서 그 사람의 흔적을 따라가듯이, 내가 서 있던 이 자리에서 또 다른 누군가가 그럴 수 있어서. 낡아 가는 책방이 마음에 든다.

과연 사랑이란 감정을 오랜 세월 느낄 수 있을까. 그럴 때면 나는 낡아 가는 책을 바라보기로 했다.

쉼표가 많은 삶

남들보다 조금 더 멈추고 들여다보려 하는 마음을 지닐 수 있다는 게 얼마나 다행인 일인지. 삶 속에서 더디고 느리게 흘러가는 것들을 존경하고 사랑해야지. 그러니 나는 언제나 게으른 발걸음을 내딛는 사람이기를.

사랑의 온도

사랑의 적정 온도가 몇 도일 것 같냐고 묻는 주변인의 말에, 사람의 평균 체온이 36~37도 정도 되니 사랑 또한 그 정도의 온도를 지니면 충분할 것 같다고 대답했다. 너무 열렬해도 눈물이 잦고, 그렇다고 냉혹해지자니 서리로 가득 끼는 마음이 싫다.

설렘에 의한 높은 온도만이 사랑이라 치부하는 입장도 있겠지만, 예나 지금이나 별반 다르지 않은 무던한 삶을 함께 보내는 것도 사랑의 한 형태일 수 있다. 한순간에 불타기보다는 은은하게 오래 지속되는 사랑을 추구한다. 어제 해 준 걸 오늘도 내일도 변함없이 이어 나갈 수 있는 무던한 습관을 사랑한다.

설렘 속의 온도를 소중히 여기고 이따금 꺼내 볼 수 있는 추억으로 간직할 줄 아는 것도, 평균 온도보다 내려가면 어느 한쪽이 먼저 더욱 데워 주려고 나설 줄 아는 것도 서로를 배려하는 성숙한 사랑이라 생각한다.

　나는 사랑을 노력해야 하는 것으로 여기고 있다. 편안함이 자리 잡은 나날을 보내고 있다는 건 그만큼 서로가 일렁이지 않는다는 얘기가 되겠지. 대단한 일이 아닐까. 적정 온도에서 멀리 벗어나지 않는다는 게. 태어날 때부터 현재까지도 내 마음을 잘 모르겠는데 타인을 존중하고 배려하고 있다는 게. 덕분에 참 고마운 하루를 보낼 수 있었다는 말 한마디 같은 거면 충분히 내 하루가 따뜻해질 수 있을 것 같다.

　은은한 사랑이 이어지는 동안에도 때론 달콤하게 느껴지는 순간이 있다. 물론 그렇다고 모두가 사랑의 또 다른 결실을 보게 되는 건 아니겠지만, 사랑하고 있다면 노력해야지. 적어도 서로를 통해 서로가 좀 더 나은 사람이 될 수 있는 소중한 시간을 두 사람이 함께 만들고 채워 나갈 수 있도록 말이다.

　사랑하는 사람의 '사랑해'라는 말이 언제나 내일을 살아갈 용기가 되는 고마운 말로 들리길 바라며.

다음으로 넘어가는
이야기

장마가 끝나니 화창한 날들이 매일 같이 이어지고 있다. 이번 장마는 향후 두 달간 내내 비가 쏟아져 내릴 거라 예상했던 것과는 달리 제법 빠른 시기에 소강하고 사라졌다. 하늘을 가득 드리우던 먹구름의 계절은 떠나고, 이제는 강한 햇살이 지면을 내리쬐고 있다.

강렬하게 쏟아지는 여름 햇살은 늘 괴롭기만 하다. 생명이라는 수식어가 가장 잘 어울린다는 이유만으로도 여름을 좋아할 수 있지만, 더운 기색만큼은 그 언제라도 반가울 수가 없다. 가장 쇠약하고 의지가 꺾이기 쉬운 시기라 눈은 항상 풀려 있고, 작은 활동에도 금방 지치기 십상이었기에 한편으론 여름이

빨리 가 버렸으면 하는 마음이 들었다.

　　얼마 전에 미용사 자격증을 취득하면서 드디어 학
원을 수료했다. 처음 그곳을 들어갔을 때부터 지금
까지 마주했던 얼굴들을 잠시 떠올렸다. 선반 위에
놓인 가발의 주인들은 진작에 그곳을 떠나고 없지
만, 흔적은 여전히 그 자리에 존재하고 있다. 내 이
름이 적힌 가발도 사용하는 사람 없이 조용히 이 공
간에 남아 있을 거다. 그게 앞으로 얼마의 시간 동안
더 머무르게 될까.

　　별 건 아니지만, 그간의 시간과 작별하기 전에 학
원에 계신 선생님들과 수강생들에게 기록용으로 담
아 두었던 풍경 사진이 끼워진 액자를 하나씩 선물
해 드렸다. 새로운 길을 나아갈 수 있는 발판이 되어
준 곳인 만큼 내게 이 학원은 작지 않은 의미가 담겨
있다. 마지막이라는 단어의 울림은 늘 고마움으로
남기고 싶다. 함께 공부하던 사람들과 앞으로도 해
나갈 사람들에게, 그리고 앞으로도 계속 이끌고 나
가 줄 사람들에게 감사했던 마음을 남기고 떠난다.

시간에 묻히면서 결국엔 이런 기억 또한 색이 바래고 말 테지만, 부디 그 흔적이 발견되는 동안은 한때 서로가 서로를 '우리'라고 불렀음을 모두가 떠올려 주었으면 하는 마음이다.

이런다고 내게 돌아오는 게 있는 건 아니지만, 이건 하나의 습관으로 이어질 수 있는 작은 기틀이 될 거라 믿어 의심치 않는다. 이 일을 시작하는 데에 있어서 나는 사람과의 유대가 꼭 필요하다고 여긴다. 그래서 받기보다는 건네줄 방법에 대해 더 생각하고 이행할 줄 아는 내가 되자는 하나의 꿈을 지녀 보려고 한다. 나라는 존재를 계속해서 각인시켜 나가야겠다.

이 인연들과 앞으로 얼마나 자주 마주할 수 있는지는 모르겠다. 먼저 떠난 사람들은 이미 과거로 흘러간 사람들이 되었고, 이제 떠나게 되는 나 또한 그중에 한 사람이 될 수도 있는 거다. 연락을 피할 생각은 없지만, 관계는 언제나 붙잡으려 애를 쓰면 멀어지기 십상이었으니, 흘러가는 대로 잘 지내고 있다가 연락이 오면 반갑게 맞이하는 게 좋겠다. 내가 머물렀던 흔적 속에 당신들과 함께 행할 수 있었던 고마움을 깊이 담아서 말이다.

그해 여름날

　　　　　　　　　요즘 하늘을 올려다보면 색이 참 청명하다. 매년 이맘때가 되면 난 가끔 내리쬐는 태양 빛에 정신이 아득해지곤 한다. 몸에 열이 많은 체질이라 유독 더 그러는 걸 수도 있다. 그래도 괜찮다. 세상은 그 어느 계절보다 싱그럽고 여청한 분위기를 한껏 자아내고 있으니까. 그것만으로도 나는 여름을 좋아할 수 있겠다고 생각했다.

　여름이 다가오기 직전엔 장미꽃이 참 예쁘게 피어난다. 우리 동네는 골목마다 장미들이 정말 많다. 여길 가나 저길 가나 울타리 넘어 고개를 쑥 내밀고 있는 모습을 흔하게 발견할 수 있다. 꽃말이 사랑인 만큼 나는 생각한다. 여름은 참 사랑하기 좋은 계절이구나 하고.

그해 여름날 예고 없이 반짝하고 빛을 냈던 건 나였던 걸까, 당신이었던 걸까. 2년이란 시간의 흐름을 타고 계절의 만상을 바라보았는데, 그간 참 많은 걸 흘려보냈음에 작게 탄식했다. 지금 내가 지닌 게 뭘까. 아니, 애초에 지닐 수 있는 게 있을까. 단 하나의 무엇조차 영유할 수 없다는 사실을 인정하는 일이 내겐 쉬운 일은 아니었다. 그래서 나는 당신을 생각할 때마다 참 많이 괴로웠다. 그렇지만 괴로울 수 있다는 건, 당신을 대하던 마음이 언제나 진심이었음을 뜻하는 게 아닐까. 이걸 안타깝게 여겨야 하는지, 감사히 여겨야 하는지는 아직도 잘 모르겠다. 여름밤마다 들려오는 풀벌레 울음소리는 왜 그리 구슬프던지, 가슴으로부터 벅차오르는 감정을 억누르고 입 꾹 다문 채 눈물로 지새던 여름날이 꽤 길었던 것 같다. 나는 그마저도 사랑이었네.

그랬던 여름이 지나가고, 어느덧 새로운 여름이 찾아왔구나. 당신은 언제나 내 옆에 머물러 있으면서 도와주고 싶다고 했다. 가장 위축되고 의지마저 꺾여 있던 시절 내 옆에 있어 줘서 얼마나 고마웠는지. 덕분에 나는 누군가를 의지하고 기대어 보던 소중한 시간을 보낼 수 있었다. 그게 당신이라서 다행이다. 그러니 너무 걱정하지 않아도 된다. 무슨 일이 있든 당신은 언제나 내게 고마운 사람으로 남을 테고, 그 사실은 변하지 않을 거니까. 그리고 나 이제 꽤 잘 웃는 사람이 됐다. 사소한 말장난도 할 줄 알고, 발랄하다는 이야기도 주변에서 종종 듣는다. 당신이 알던 것에 비해 좀 더 여유로운 사람이 되었다. 이전에는 무언가에 쫓기는 기분으로 하루하루를 버텨 내는 거였다면, 이제는 의미 있게 살아가고자 하는 마음으로 하루하루를 기대하며 산다. 그동안 행복한 순간들이 많았고, 그때마다 가슴 한 곳에서 당신을 추억하고 있다. 나는 당신을 정말 좋아했다.

언젠가 변화된 내 모습을 마주하게 된다면 당신은 무슨 생각을 할까. 뿌듯해할까 아니면 서운해할까. 당신 앞에서 첫마디로 어떤 단어를 꺼내는 게 좋을까. 음, 그냥 아무런 말 한마디 없이 미소를 띨 수 있다면 어떨까. 서로의 얼굴에서 그간 무탈하게 잘 지내 왔음을 가득 드러낼 정도로 말이다.

멀리 떨어져 있어도 항상 지켜보고 좋아해 왔음을. 언제나 어디서나 항상 너다운 모습이기를. 그렇게 지난날의 우리를 연상하며 조용히 웃어 보고 내일을 살아갈 수 있기를.
그렇게 나는 늘 당신의 행복을 사랑할 거다. 그러니
앞으로도 행복하자. 다정하고 뜨거웠던 나의 여름,
그동안 수고 많았다.

그냥 그런 하루가
있을 수도 있는 거지

펴낸날   초판 1쇄 2023년 9월 26일

글·사진   이정영

펴낸이   강진수
편 집   김은숙, 최아현
디자인   Stellalala_d

인 쇄   (주)사피엔스컬쳐

펴낸곳   (주)북스고   **출판등록**   제2017-000136호 2017년 11월 23일
주 소   서울시 중구 서소문로 116 유원빌딩 1511호
전 화   (02) 6403-0042   **팩 스**   (02) 6499-1053

© 이정영 2023

ISBN   979-11-6760-054-7 03810

책 출간을 원하시는 분은 이메일 booksgo@naver.com로 간단한 개요와 취지, 연락처 등을 보내주세요.
Booksgo는 건강하고 행복한 삶을 위한 가치 있는 콘텐츠를 만듭니다.